春潮NOV+

回到分歧的路口

LIBRE,
SEUL ET ASSOUPI

ROMAIN MONNERY

床，
沙发，
我的人生

［法］罗曼·莫内里　著

吕俊君　译

中信出版集团｜北京

图书在版编目（CIP）数据

床，沙发，我的人生 /（法）罗曼·莫内里著；吕俊君译. －－北京：中信出版社，2023.3（2024.10重印）
书名原文：Libre, seul et assoupi
ISBN 978-7-5217-5211-3

Ⅰ.①床… Ⅱ.①罗…②吕… Ⅲ.①长篇小说－法国－现代 Ⅳ.①I565.45

中国国家版本馆 CIP 数据核字（2023）第 023101 号

Libre, seul et assoupi by Romain Monnery
© Éditions Au diable vauvert, 2010
Simplified Chinese edition arranged through Dakai – L'agence
本书简体字版权归上海高谈文化传播有限公司所有

床，沙发，我的人生
著者： [法]罗曼·莫内里
译者： 吕俊君
出版发行：中信出版集团股份有限公司
（北京市朝阳区东三环北路 27 号嘉铭中心　邮编　100020）
承印者： 嘉业印刷（天津）有限公司

开本：880mm×1230mm 1/32　印张：7　　字数：102 千字
版次：2023 年 3 月第 1 版　　　　印次：2024 年 10 月第 9 次印刷
京权图字：01-2022-5223　　　　　书号：ISBN 978-7-5217-5211-3
定价：49.80 元

版权所有·侵权必究
如有印刷、装订问题，本公司负责调换。
服务热线：400-600-8099
投稿邮箱：author@citicpub.com

目录
Sommaire

Première partie
第一部分
1

....

Deuxième partie
第二部分
37

....

Troisième partie
第三部分
119

....

Remerciements
致谢
213

第一部分
Première partie

1

世界末日的预言时有耳闻,却终究没有应验。毕业了,那种几乎每一位毕业生都能感受到的,高潮之后席卷而来的低潮,却对我无可奈何。我是怎么做到的?什么也不做。我没有目标,没有社交,也没有日程表,得过且过,如此而已。

几本书,一点愁,外加大量的音乐,就是我无所事事的日常。我半眯着眼,看时光一天天流逝。日历早就被束之高阁,"未来""明天"这等唬人的词统统被我拒之门外。我停止了思考。我睡着了。

然后,命运想证明给我看:一切美好的事物都有到头的一天。妈妈看不惯我的生活方式——起床,然后期待着疲倦到可以再次入睡,所以恳求我去别处看看,看能不能找份工作。说到工作,我打过几份暑期工,但不知为什么,老板们无一例外,都不乐意看我白拿钱不干活。随他们去吧,说到底那是他们的生意。

好在我不是逐利之徒。我的货币单位是睡眠时长，月底，一结算进账，我俨然成了一位百万富翁。"人应该自食其力。"妈妈抗议道，言辞中带着愤懑。"但人不能扭曲天性。"我这么回复她。我就是个顽固的、名副其实的逍遥散人，二十五岁了还住在父母家里，可那又怎样呢？这可吓不倒我。在爸爸看来，我是个介于狗熊与游蛇之间的基因突变产物。他待我如待怪物。我在他眼里就不是个男人，只是个儿子，还是个不肖子。

现在，我孤身在外，行囊中唯有一张硕士文凭，拿来当枕头都嫌薄。没有收入，就得承认现实：我一个人活不了很久。我一无所有，勉强还算有个姓氏。我存在感极低，如同透明人，以至于没有人能记起我的名字。人们只能通过衣着、地理方位乃至犯蠢的程度来指代我，不过大多数情况下，他们称我为"那谁"。小时候，我是集体照上一张模糊的脸。长大一点，我就成了长着一脸粉刺、棱角不分明的少年。我可不会为此哀叹，我甘之如饴。我只求安静，而无名正是获取安静的无上法宝。再说了，我对别人也没兴趣。他们总提些我无法作答的问题："你好吗？""你是做什么的？""你是谁？"这些问题令我作呕。我沉默以对，他们却一脸严肃，这并不是我想要的。一条游蛇，一个"那谁",一个无赖……只要他们别来烦我,让我当什么都行。结果总是一样。世界是一片丛林,而我没有人猿泰山的强壮手臂。这就是人生,我不会自欺欺人。

没有未来,没有钱,我就这么出发了,脸上挂着蜥蜴面对虚无时展露的那种微笑。

2

妈妈以为踹我屁股就能驱赶我奋力前行,她可搞错了。我对前路一片茫然,不过我一点也不担心。去哪儿都无所谓,能睡觉就好。大街上或是其他什么地方都一样。我对自己说:"正人君子心无挂碍。"我对着自由坠落的太阳微笑,沿着索恩河的一个个码头信步而行,趸摸一座能庇护我过夜的桥。我看过各式各样的桥,大的,小的,坚固牢靠的,破败不堪的,但没有一座让我产生宾至如归的感觉。

在每隔一段就有醉酒流浪汉的马路上,我瞎逛了几个钟头,然后被迫认清了现实:如果头上没有屋顶为我挡住塌下来的天,我是无法度过黑夜的。

在我开始考虑翻墙撬锁溜回父母的家时,我突然想起可以打电话给斯特凡妮。她是我在大学里认识的一个朋友,和所有人一样,她毕业后去了巴黎,与人合租。她多次诚邀我一起住,但出于性格原因,我拒绝了。

生活,我认为还是独自一人的好。自由自在、半梦半醒。在我看来,与他人合住与拉屎不关门一样怪异。可以不花钱待在父母家的话,为什么要交房租呢?但是,现在情况不同了,我没得选。合租的机会来得正是时候。

3

我下了火车,踏上未知之地。我久闻巴黎的大名,但也只是闻名而已。首都派出了一个迎新团来迎接我,他们的窃窃私语令我头昏脑涨。我怀念起那位难得、忠实的好友——沉默,走进了噪声为王的地下世界。在通往巴士底狱站的地铁上,一个手风琴手挎着他唯一的凶器,处决了《我的圣约翰情人》[1],脸上挂着刽子手行刑时的残忍微笑。四周的人都没有意识到他们正在目睹音乐的死亡,我的看法是他们都没有心。我刚戴起 iPod 的耳机避难,一个阴影便笼罩过来。是那位手风琴手。他保持着微笑咕哝了一

---

[1] 《我的圣约翰情人》:法国歌曲,讲述了一位少女爱上圣约翰欧布瓦镇上一位男子的故事,以及他们注定没有明天的爱情。(本书注释如无特别说明,均为译者注。)

句什么，嘴里的一千颗牙齿熠熠生辉。我像往常那样，做出听不懂的表情并向他微笑，只盼他能拿那把"声波毁灭武器"瞄准别人，而不是杵在我鼻子底下，但是没奏效。

他打手势示意我摘下耳机，用更大的声音说：

"给淫乐一枚硬币？"[1]

我一时间不知所措，只顾思考如何才能最有礼貌地向他表明我对其艺术水准的质疑，但终究没有勇气，也没有合适的话术，于是我耸了耸肩。我认为这就够了，但是他瞪了我一眼，愤怒地转过身去，嘴里咕哝着说我是个臭傻蛋。

车门开了，他在车门关闭的前一刻跳出地铁，临走还不忘表达愤怒，将一口怒气之痰吐在离我脚尖几厘米远之处。之后的旅程里，我的视线都无法从脚前挪开，那只淌着汁水的牡蛎仿佛有了生命，不断朝我的脚爬。

我心想，这座城市的欢迎方式还挺别致。

4

那栋公寓又会怎样迎接我呢？我心知自己就像一根掉进了汤里的头发——不合时宜。未来的三个室友里，我只

---

[1] 卖艺者是外来移民，法语发音不标准，把"音乐"说成了"淫乐"。

认识斯特凡妮,至于布鲁诺和瓦莱丽,倒是在校园里碰见过一两回,但是关系仅止于客气地打招呼。近屋情怯,我的心脏随着电梯爬升楼层的节奏打鼓。未来公寓的大门就在走廊拐角处,我等了几分钟才终于敲响了它。

斯特凡妮扑上来拥抱我,俨然把我当成了预示好消息的弥赛亚[1]。我真想如东方三博士[2]般报之以成堆的礼物,可惜我的行李只有一把牙刷,外加一个小U盘。她不以为意,蹦蹦跳跳地把我引进客厅,没等我张口就给我倒了一杯番石榴汁,然后欣喜地通知我:我到自己家了。

不过,她又有点难为情地说,我得和布鲁诺一起睡客厅。我笑着,甚至带着感激之色接受了。这对我来说压根不成问题。有一个屋顶已经很不错了,四面墙可以晚点再说。

她松了一口气,拉起一道帘子把房间一分为二,操起活泼的播音员口吻向我宣布:

"这,就是你的房间啦!"

---

[1] 弥赛亚:受上帝指派来拯救世人的使者,在基督教中是耶稣的别称。
[2] 基督教中,耶稣降生后,东方三博士为其带来了祝福和礼物。

5

斯特凡妮是个能令落地灯的光芒都黯然失色的漂亮姑娘，惯于以一副不屑一顾的神态虏获人心。她是那种残忍的女人，喜欢用舌尖品味自己的诱惑之力。她心知自己能激起男孩什么样的反应，却不把人家对她的感情当一回事。她调笑，她魅惑，她仗色欺人，却极少真的去享受胜利的果实。裙下之臣好比玻璃柜里摆设的战利品，她漫不经心地瞥他们一眼，随即扭过身，走向尚待征服的新领地。她是破碎之心的收藏家，使人晕头转向，我却偏偏能幸免，大概因为我肩膀上面空荡荡的，没有头可晕，所以能对她的魅力免疫吧。我们是朋友，我们的关系中没有一丝含混之处。我俩第一次见面时，她问我几点了，我告诉她一个大概的时间，然后我们发现彼此挺谈得来，大概就是这么回事。或许我从不动心的姿态反倒惹得她另眼相看，我说不准，反正她一直很尊重我。

"你不像其他人，"她曾经说，"你和任何人都不一样。"

斯特凡妮的鼓励之语在我听来就像天气预报员机械地说"明天天气晴"一样，不必放在心上。我和她正好相反，我对成功什么的丝毫不感兴趣。我上学只是为了延后进入社会，不求收获什么。而她呢，目光中永远透露着自信之人才有的从容。她深信一件事，即她会成为一位不凡的大人物。那只是时间问题。斯特凡妮容易让人联想起那种漫不经心地翻看奢侈品目录的人。她知道自己不可能一下子得到所有的好东西，但也从不怀疑未来之神会把它们放在托盘上呈给她。

我在简易的接风宴上再次见到了瓦莱丽和布鲁诺，我们中间放着一盘用瓶装番茄酱拌成的意大利面。席间我对他们都有了更进一步的认识。

往轻里说，瓦莱丽采取与斯特凡妮不同的角度看待生活。瓦莱丽是在遮光板的阴影下进化的，她在斯特凡妮羽翼的庇护下亦步亦趋地走完了整个学生时代。她性格柔顺如面团，乐于跟在别人后头走，走时还要低着头、贴着墙，免得人家注意到她——她做得很成功。然而，大学一毕业，她就意识到自己犯了多么大的错误：她按照专业文凭的箭头所指，进入了一个自己不喜欢的行业，周遭都是与她没有共同语言的人。她在一家大型企业的公共关系管理部门工作，边干边吐了几个星期，最后才终于放弃，决定重新选择方向。在父母的压力下，她进了一所商学院学习。为什么？她也不知道。瓦莱丽和我一样，拥有让人过目就忘的能力。按说这种性格上的相近应该让我们彼此靠近才是，但事实恰恰相反，她一在场，我就不自在。

布鲁诺梦想成为体育记者。他痴迷足球、篮球、弹力牵引球以及一切与体育沾边的东西,他每天都窝在沙发里拿着遥控器,挨个频道搜索比赛直播。任何比赛都可以耗去他大把时光——斯特凡妮不在的时候尤其如此。我看得出,他并非对斯特凡妮的魅力无动于衷,但这不关我的事。

从明天起,我要利用闲暇时间,开启新的状态。一段新生即将开始。什么样的新生呢?我不知道,但愿是美好又轻松的新生。怀着这样的期望,我安然入睡了。

6

我属于"不稳定的一代"[1],早就明白了毕业后立即找工作不啻不带降落伞跳飞机,太急于求成了,反倒会出问题。就业市场上的年轻毕业生成千上万,那些企业自然会对像我这样的人说:"好好做你的实习生吧,别说话。"二十一世纪的头十年就是以他们为基石骄傲地发展起来的,看来奴隶制前景可期。有些人到了我的年纪仍然相信圣诞老人,我和他们一样,得给自己找一套理由。眼下找正经工作是行不通的。我倒也不是不能找个糊口的活儿,

---

[1] "不稳定的一代"是2005年出现的法国年轻人群体,他们抗议实习机会多而工作机会少,要求出台更多的劳动保护政策。

比如在平价服装店里叠毛衣啦,卖巨无霸汉堡包啦,可是,我好歹也受过高等教育啊!

我选择做实习生并假装那是成为正式员工的跳板——虽然明知它不是。被聘去做什么呢?我毫无头绪。我就像跟着游行队伍溜达似的完成了学业,一路被人群推着走,压根没认真想过毕业后要做什么,这令我咨询过的多位职业规划师都头疼不已。

"搞什么!就没有一个职业让你感兴趣?"

"没有。"

"你总该有个爱好或嗜好什么的吧?!"

"我很爱睡觉。"

"没别的了?"

"我还爱吃面。"

我到底还是没有什么职业规划,胡乱回应了一则招聘启事。一家音像制作公司需要一位助理编辑来汇编新闻并撰写主持人手卡。我不是那种轻易被打动的人,但这个职位的头衔着实让我两眼放光。尽管我此前从未渴望过在电视台工作,但成为圈内人、艺术家,过上波希米亚式生活的画面说服了我。斯特凡妮也很看好这份工作。

"这是你人生中的大机遇,"她说,"冲啊!"

他们都没看简历就录取了我，这做派稍显怪异，但我把这当成信任的信号。也许他们看出了我那件印着"比零还少"[1]的 T 恤下所蕴藏的斯特凡妮所说的"潜力"吧。不管怎么说，我现在算是有一只脚踏进演艺界了。我想故作淡然，但还是从矜持的身体内感受到了一种悸动。哪怕我的月薪都没超过三百欧元，我也毫不介意。诚然，这不是一条致富之路，但加上住房补贴，这份收入足以支付房租了，这才是最重要的事。

只是还有实习生保障的问题。我知道不少人实习期满后没有着落，除了吃个受骗的教训外一无所获。面试那天，我对雇主说出了我的顾虑，他大笑着回答：

"不用担心。这份工作对你的职业生涯大有益处，等着看吧！"

也就是说，我得放弃午休，削减睡眠，每天工作十小时，周末不休，去换得一份微薄的工资。但据我的上司说，这就是"光荣的代价"。我倒是没想过能得到"光荣的代价"那种了不起的玩意儿，但还是信了他的话。他们说，唯有牺牲当下才能铸造金色未来。我本人是没什么抱负的，但这也不打紧，我又不反对别人有抱负。

---

1 《比零还少》是美国作家 B.E. 埃利斯的首部小说，主题是一群美国富家子弟的糜烂生活，曾被改编成同名电影。

7

签署实习协议时我满心欢喜,但这欢喜不久就消散在一片疑云之中。别人指派给我的一份又一份活计令我不禁心生疑窦:做这些事,难道不是在瞎忙活吗?原本许诺的编写工作被不断推迟到第二天。收发信件、搬运杂物、复印文件,我简直成了啥都干的勤杂工。录制节目的舞台上,我只有打扫的份儿。我一遍遍重复着"对职业生涯大有益处",心里却不太相信了。我实在看不出来刷马桶将如何助力我的职业发展,只好尽量不让自己去想这件事。斯特凡妮鼓励我不要放弃,还信誓旦旦地说从米歇尔·德鲁克[1]到蒂埃里·阿迪森[2],绝大部分的电视人都是这样过来的。她列举的这些我并不崇拜的榜样令我发笑:

"你说得对,我应该坚持到底不换台。"

她没有听出我话里的讽刺意味,这样更好。她的热情让人觉得挺愉悦的,让她失望的话我难免自责。况且,我把找到新工作的消息告诉妈妈后,她几乎表示以我为傲,

---

[1] 米歇尔·德鲁克:法国著名的电视和广播主持人,是法国电视圈的常青树,以至于有人曾戏称他是被绑定在电视收费套餐里的。
[2] 蒂埃里·阿迪森:法国著名电视节目主持人,也是成功的电视、电影制片人,曾推出多档长寿节目。

这可是好久好久都没有发生过的事了。

8

电视行业临时工的身份听起来很无聊，却对斯特凡妮不乏吸引力。她是一只敏感的蝴蝶，人造的光线就足以把她吸引过来。这个外省女孩把上电视看作终极成就，所以对名人始终抱有无限幻想。她读过《浮生如梦》[1]，却完全没有品出作者的讽刺。在她看来，不能根据一个人的地位或外貌来评判一个人的重要程度，而应该根据其知名度。她认为名气与智慧、慷慨相仿，是一种品质。巴尔扎克会喜欢她的。

演艺界好似一个仙境，她梦游其中，在文化和红毯的大锅炖中遨游。我并不算是演艺界的一分子，但也算有点接近了，我那少得可怜的业内经历让她着迷不已。

于是，晚餐变成了无休止的盘问。我做什么、我见过谁，我日间的一切她都想知道。布鲁诺在一旁低着头暗自吃醋，握紧拳头等待着一个他更能掌握话语权的主题，例如齐

---

[1]《浮生如梦》是 B.E. 埃利斯的小说，讲述了二十世纪九十年代曼哈顿一名男模特在时尚圈纸醉金迷的生活。

达内的情况或托尼·帕克的三分球。瓦莱丽则对此无动于衷，甘心融入背景，心不在焉地喝汤。一天晚上，当我爆料说我亲手给克劳德·勒鲁什[1]递了一杯橙汁后，斯特凡妮表现出异常的钦佩和兴奋（"等等，你的意思是你碰到了他的手?！"），布鲁诺则告诉我他没觉得我的故事有什么意思。那晚，灯光一熄灭，他的声音就从帘子后传过来：

"你这套把戏，我看得一清二楚。"

他确信我是他必须当心的情敌，视我为威胁。

"我警告你，德拉昌，我先来的。所以，我管你演艺界不演艺界，斯特凡妮是我的！"

9

我没有事业上的进取心。再说了，我干的活儿也不能催人进取。说好的编辑业务连影儿都没有，我一直被呼来唤去，擦完地板就复印文件。或许我该学习周围其他实习生，垂着头，暗自制订目标、磨利爪牙，直到磨得光可鉴人，在木地板上反光……但我觉得混日子也挺好。在走廊里来回逛，等人派活儿，只不过等来的通常是"让开点"或"一

---

[1] 克劳德·勒鲁什：法国著名导演、编剧、制片人。

边儿去"。与其勉强自己,还不如贴着墙根溜走。我逃进我的小角落,躲开现实世界,为自己幻想出一种摇滚巨星般的生活。在强大想象力的驱动下,整日陪伴我的扫帚变成了麦克风,归我擦洗的盥洗室成了录音室。闭上双眼,我就不再是实习生,而是偶像明星。我先后做过约翰·列侬、史蒂芬·马克姆斯、乔纳森·里奇曼。我兼具哈利·尼尔森的散漫风度和辛纳屈的高级格调。我堪比"王子"尼尔森,唱罢转身。我是迈克尔·杰克逊,白手套、太空步、迷乱尖叫、《比利·简》。我在人们的脸蛋、屁股、胸脯上签名。所到之处皆留下我的印迹,我买下凯旋门,我乘潜水艇出行,我高坐云端,我生活在美梦里,无比幸福。不幸的是,总有那么一个不可避免的残忍时刻——那群粗鲁工作人员中的某一位猛拍我后背,催我赶紧清理舞台,还冲着后台嚷嚷:

"该死!魂儿都丢了,这家伙想什么呢?"

10

我的职业发展前景就像恶作剧商店里的一层层货架——堆满了臭气弹、放屁垫、瘙痒粉。打扫了三个月的舞台、卫生间、打印机和大楼里一切可称作不动产的东西之后，领导居然提拔我去做三明治和冲咖啡了。

在绝望的死胡同尽头，我靠想着室友们的现状自我安慰。斯特凡妮也是实习生，入职时说的是做文学评论工作，实际干的是接电话的活儿。聘用她的那家行距网堪称实习工厂，自诩为在线报刊业的潜力股，却没有现金收益，于是只好在荣耀到来之前剥削有情怀的年轻毕业生，提供的酬劳是成堆的图书，上面打着"赠阅"的钢印，想转卖都卖不出手。看来网络文学的收益也是虚拟的。至于布鲁诺，他不仅失业，还患有持续性偏头痛，痛得他整日迷迷瞪瞪的。体育报刊只肯提供实习机会，而他不肯接受，竟然妄想一步登天，直接被正式聘用。瓦莱丽则关在屋子里备考，不知什么时候才是个头。话说回来，我真不知道她这个人有什么梦想。我在大学里只跟她说过一次话。一次期末考试，我让她把卷子给我抄一抄，她说"没门儿"。从那以后，我就一直把她认作一个没用的人，就算我搬进来和她成了室友，我的看法也没有任何改变。我们是陌路人。

她是富家女，金钱就像是一张舒适的弹簧床垫，对她来说从来不是问题。她居然成了斯特凡妮最要好的朋友，我至今搞不懂其中的缘由。二元并立却又对立，对照之下，彼此的差别只会更加明显：一个美丽动人，一个平平无奇；一个颠倒众生，一个招徕蟑螂——清纯女的假面之下其实藏着一个邋遢鬼。瓦莱丽从来不知道洗碗、清理下水道、做家务、搞清洁意味着什么。有她在，生活不至于更加艰辛，但绝对会更加恶心。

她偶尔也有笑脸，但更爱无病呻吟。她唯一的消遣就是哀叹，每天乐此不疲的游戏就是分发棍棒让人家打击她。她是灵魂的殉道者，就爱弯下脊梁。人家跟她说："早上好！"她的回应是："我真的什么都不是，对不对？"一开始还有人跟她争论，说怎么会呢，但架不住她的持之以恒，最后再也争论不起来了。我都不知道是否该为她的说服力喝彩，因为到头来无论多么坚定的怀疑论者都会被她说服。

所以在我眼里，瓦莱丽是斯特凡妮的朋友，仅此而已，没什么别的看法了。有一天，只有我们俩在客厅里，她冷不丁丢给我一句话："我感觉你不喜欢我。"

我想不出什么有智慧、有礼貌又不涉及人身攻击的好话，只好冷冷地说：

"别往心里去。我只是不怎么喜欢人类。"

11

闹钟每天早晨都如铁锤般敲打我,我不得不想出些理由来催自己起床,这时候我会犯恶心,惊慌失措,眯着眼寻找这恶心的来源,却找不到。我喉咙干涩,脑袋昏沉,肚子空荡荡。我是一个没有设定目标的机器人。有一天晚上,我担心明早又要照例面对起床的痛苦,终于意识到必须采取行动了。我必须填补这空虚,必须谈个恋爱了。我不知道谈恋爱都有哪些步骤,但想来应该不会太复杂,毕竟几乎所有人都会谈恋爱,凭什么我不行?说到底,谈不谈恋爱只是看有没有动机罢了。

次日,我去上班时怀着全新的激情。我无须海选心上人,因为别人已经替我筛过一遍了。剥削我的这家公司蛮有良心的,每天都安排了那么多女孩在我身边,而她们无一不是大自然的高端造物,长相、身材都符合上电视的标准。我只需选择那个有机会讨得我欢心的姑娘就好了。

我最终选中了达芙内。她生着一张松鼠似的小脸蛋主持一档早间音乐节目。她不是最漂亮的,但正好在我的狩猎范围之内。我可以跟她聊美国乐队"The Shins",送她一张《橘子郡男孩》风格的混编音乐专辑,还可以请她去听便利之王乐队的音乐会,但首先得让她别再把我当成一件家具，因为据我所知，还不曾有女孩爱上过衣帽架。于是我尽我所能让她注意到我。

我每天都在她办公室外面的走廊晃悠，期盼着能与她擦肩而过，获得美人的青睐。我为她开门，给她让路，贪婪地盯着她看，然而一切都是白搭。她是上电视的，而我是实习生，只是个实习生，微不足道的小东西，她根本看不见我。结论是，只有走到镜子里，我才有可能进入她的视野。真巧，我刚打算放弃，机会便随之而至。一个制作导演为当天晚上要拍摄的节目找人充当观众，看到我后喊道：

"喂！你，实习生！你能上电视吗？我缺几个托儿！"

我没有抬眼看她，仍然看着打印机（我的办公桌），心里琢磨着，这是命运之神出手了吧。难道布鲁诺说对了，真的有上帝？我咬紧嘴唇，拦住不让那句兴奋的"当然了！"脱口而出，然后耸耸肩，说：

"嗯，上就上呗。"

"很好，"她大声喊道，"你要做的就是准点儿到，提一个事先给你的问题。"

我丧失了理智，条件反射式地自我庆祝，把嘴唇压在扫描仪上，把我的笑复印了一式三份——爱情和光荣在同一天与我相约，这一刻值得被永久铭记。

12

我早早到了。这个节目模仿的是美国的《演员工作室》[1]，就是让演员在戏外、在观众面前被问东问西。扫兴的是海报上是一个二流女演员，我对她没什么好说的，不过我忍了。我要上电视了，我要走出阴影了，达芙内要看到我了。

上一场表演结束，制作导演的喊声响起：

"那个实习生呢？"

我艰难起身，说那个实习生在这儿，然后走下通往拍摄场地的一级级台阶。制作导演抓着我的肩膀，把我引到第一排，按着我坐下，同时往我手里塞了一张折起来的字条。

"千万不要照着念。要上镜了，自然点。你有五分钟时间准备。好好表现。"

我用颤抖的手打开字条，上面是我的问题：您是靠裸体镜头成名的，您承认自己是靠和人上床成功的吗？

一阵恶心。我想站起来抗议，但舞台负责人命令我闭嘴：

---

1 《演员工作室》是美国一档谈话节目，从1994年起播出至今。

"安静,开机了!"

我机械地坐回去,手在口袋里揉搓那张字条,又一次次把它取出来,向天祈祷是我看花眼了。遗憾的是,问题始终没变。

那个制作导演从后台向我用力地比手画脚,意思是下一个该我上场了。我又迅速瞥了一眼那个躲不掉的问题,耳朵里听见主持人说:

"我猜有一位年轻人要向您提一个淘气的问题……"

不知怎么,麦克风就到我手里了,摄影机的灯光晃瞎了我的眼。我听到主持人拿我的腼腆打趣,女演员感慨我真年轻。呼吸停滞了。我豁出去了,张开嘴,然后,什么都没有发生。寂静。我一个字都没说出来。

13

好吧,和所有的第一次一样,我的电视首秀不是什么光彩的回忆。本该让我成为"一刻钟名人"的露脸却只让我陷入了孤立无助的境地,其间只有主持人的刺耳笑声。女演员又趁我插话未遂,扯了两句她最挂念的聋哑人慈善事业。然后,摄影机移远了,没有一声谢谢,没有告别,甚至没有一句救场的话。

接下来的几天里,我发现那场事故并非完全是滑铁卢,一祸换来一福。我那孤独症患者般的荧幕形象诚然妨碍了我假装高阶层人士并以此引诱达芙内,却也让我达成了所有实习生求而不得的愿望:我出名了。我不再是"那谁"或"那个实习生",我成了"那个哑巴"。在走廊里,大家都向我展露出同情的笑脸。我还收到行政主管的一封邮件,说我有权领取一笔残疾人津贴。制作人把我叫到办公室,称赞我给"像我这样的人"传递了正能量。制作导演甚至为她对待我的粗暴态度道歉。我终于成了所有人眼中的一个人物。和我期望的并不完全一致,但管他呢,残疾与否不重要,有存在感就够了。我不哑,但如果大家都期待我哑,那我也可以装哑。这个角色很适合我。

不用担心会演砸,人家跟我说话,我红一下脸即可,我腼腆嘛。一天,我的巅峰时刻来临——达芙内主动找我说话了。我正站在打印机旁,脑子里哼着赶时髦乐队的《享受宁静》,忽然我俩四目相交,她笑了,我脸红了。她说:

"你好,哑巴。很抱歉打扰你无比重要的工作,但是没咖啡了。你能不能告诉我,如果你连那个该死的咖啡机里有没有咖啡都不看着点,那你到底还有什么用?"

我大可告诉她,她太无情了,但她的美貌是挡箭牌,让我不忍心责备她;我大可念一首诗歌颂她的耳垂,或者歌唱她那毛茸茸小动物般的微笑，它让我有爬树的冲动；我大可对她说很多东西，美的、好的、温柔的、充实的、甜蜜的，但我没那份心了。我失望了。

而且，为了不揭穿我不是哑巴，我让自己彻底失音了，一劳永逸。

14

女孩没有让我疯狂，却有能力让我失语。于是我放弃了恋爱的打算——太危险了。我一言不发地度过一个个工作日。人们继续把我当哑巴，我既不难过也不欢喜，只要不来烦我，我就别无所求。白天少说的话到晚上就补回来，我喜欢上了和布鲁诺谈论人生的意义——缺什么就聊什么嘛。我们俩不是世上最好的朋友，但至少对着电视有话可聊。频道换来换去，没一个看得下去的，女主持人靠袒胸露背补偿观众，那么布鲁诺和我就讨论浪漫主义和胸部大小。谈话往往卡在理想女孩的话题上，我们俩一致认为我们在这方面的观点不一致。布鲁诺喜欢高挑结实的，例如斯特凡妮，我则偏爱娇小调皮的。打个极端一点的比方，我喜欢松鼠体形的女孩，而他喜欢马形的。这个分歧导致对话没完没了且逐渐导向冲突。

"松鼠凭什么就比小马优越了?"

"松鼠狡猾啊,它们灵巧,还会爬树。"

"有许多书整本专门讲小马。"

"松鼠是银行的吉祥物!"

"松鼠没有胸啊。"布鲁诺哀叹。

"小马也没有啊!"

"小马可以骑。"

"松鼠也可以。"

"胡扯。"

"笨蛋。"

这类哲学讨论除了提醒我们对哲学一无所知之外,另一桩用处就是惹我生气,因为我总是说不过他。愤怒之下,我换了台,看看别处有没有乐子,但布鲁诺以狂吼的方式让我恢复理智:

"嘿,把那个节目给我换回来!"

浪漫主义有它的局限性。

15

斯特凡妮再没有比"向上爬"更大的爱好了。她刚开始只是个接电话的实习生,后来却一步步爬上了写文学评论的位子。哪怕她事实上几乎是纯义务地替这家没有人看的网站写文学评论，她也不介意。重要的是头衔。凭着个人魅力和灿烂的笑容，斯特凡妮甚至采访到了一些有名的作者，从而实现了她的梦想——直呼名人的名字。一天，布鲁诺和我正在看午夜的无聊电视节目，斯特凡妮回来了。她跳上来拥抱我们，面颊潮红，口里一连声地欢呼。她说她和一位龚古尔奖得主在饭店度过了一晚。那位作家被她的问题——想必还有她的外貌打动了，邀请她和他的几个朋友一起喝一杯，而他的朋友们一看就都是名人。

"你们明白了吗？"

"哼。"

"龚古尔奖得主，那可是世界闻名的！"

"在这里可没名。"

我示意她让我安安静静地看电视，布鲁诺倒对她的话表现出很大的兴趣。他仿佛接住了飞来的球，开始恭喜她，说看到她这么高兴他也跟着开心，一直陪她回到房间，以期得到一个吻，然而最后什么也没得到。他拖着沉重的脚步回到坐垫上，喉咙间发出一声叹息，听起来像是承认了自己的失败。布鲁诺再迟钝也该察觉到了，斯特凡妮明显在躲着他。我也发现了，但什么也不敢说。Belle & Sebastian 乐队的乐曲和苦恼的情绪笼罩着客厅。我起身去睡觉了。

灯熄灭后,我隐约听到一些声响,像是啜泣。

16

工作上已经没有任何指望了。分配给我的所谓临时性任务眼看就成了无限期的,我唯一与编辑沾边的工作就是看管采购册子。"尴尬的电视首秀"翻篇以后,我重新变回了透明人。我试图劝自己相信这是好事,成了家具中的一员也不错,但这完全是自欺欺人——没有人会为了找乐子推撞家具,人们尊重家具。我已经到达一定境界,开始羡慕起五斗橱和茶几的生活了。就在这时,一次自尊之气的大爆发使我闯下了难以预想的大祸。

那天早晨,我一起床就诸事不顺。镜子里的脸难看得让我直想大呼"退货",后来证明我的预感是对的。我先是扯断了一根鞋带,继而错过了一班地铁,在大街上冲一个漂亮女孩微笑而她问我有什么毛病。到了人家敷衍给我的那打印机后面的所谓工位时,我的情绪坏到了极点,谁跟我开口我就要撕烂他的嘴。那时的我已经不是我了,我是金刚狼。所以,当一副魔女库伊拉嘴脸的制作导演嫌楼梯台阶的亮度不合她的品位,要我去擦的时候,我告诉她滚到一个凉快地方待着去吧。我的回答就像一记上勾拳打在她的肝上。

"什么？你说什么？等会儿，我是听错了吧！"

"我说的是'不，这不是我的工作'。我可不是为这种活儿签的实习协议。我受够了干这些烂事儿，我又不是你的奴才，你差不多得了。"

"库伊拉"紧锁眉头，想用眼神枪毙我。

"我说，你什么时候不哑巴了？"

"不想再当哑巴的时候。"

她用难以置信的眼神看着我，然后转身叫几个技术人员来做证：

"你们听见这个小崽子说什么了吗？先是骗我，然后顶撞我。这是几个意思？你当自己是谁？嗯？你凭什么？"

我回答说就凭我想这么做，又说轮不到她这样的老巫婆来教我做事。

制作导演噎了一下，好似咽下去一块口香糖。她盯着我的眼睛说：

"你知道我可以随时炒你鱿鱼吧？"

"我不这么认为。您忘了我是个实习生[1]。"

---

1 在法国，实习生与正式职员不同，签署的不是雇用合同，而是实习协议，而后者根据法律规定不可以轻易解除，尤其是不能以"能力不足"等理由解除协议，因为所谓"实习"本来就有在工作场合学习的意思。

她张开嘴，思索着可以吐出来的尖酸话，然后又闭上了。她愤怒的双眼从她的手机扫到我脏兮兮的手上，嘟囔道这事儿没完，鞋跟一拧，大喊她受够了该死的职场废物。

17

这件事发生后的第二天，我被叫到制片人的办公室。这个人如同匈人王阿提拉[1]一般吓人，大家提起他的名字都要放低声音，唯恐无端引起他的雷霆之怒。很多关于他的故事在私下里流传，但可信度堪疑，否则与他相比，哥斯拉都像龟仙人一般和蔼可亲了。据说，他曾把一个胆敢向他提出加薪请求的员工从办公室窗子扔了出去，而他的办公室在四楼。我没指望这个恶魔会给我好果子吃。咆哮、动手、伤痛，一切皆有可能。

我已经准备好被辞退了，反正那是我应得的结果，但迎接我的微笑告诉我，情况好像和预想的不是一回事。制片人请我坐下，还问我最近怎么样。

"挺好的，谢谢。"

"我听说你还挺有个性的？"

---

[1] 匈人王阿提拉：罗马帝国末期带领匈人四处劫掠的帝王，被称作"上帝之鞭"。

我感觉到红晕上脸。我磕磕巴巴地说我可不是为了展示个性才来做这份工作的，但他没让我说完。

"别装了，少来这些假谦虚。他们已经告诉我你的所作所为了。很好啊，这证明你有种，而且，你猜怎么着？"

"我猜不到。"

"我就喜欢有种的人。"

"啊？"

制片人点点头，起身，绕办公室走了一圈，最后在我身后站定。他把手放在我肩膀上，然后开始给我……怎么看都像是按摩。

"我身边有太多没种的软蛋，说出来你都不信。投机的、虚伪的、无能的，哎呀，要多少有多少。但你这样的，少见。你很珍贵。"

我在脑子里过着这一系列把我从"透明"变成"珍贵"的事件。制片人的手提醒我这不是梦，它打着友情按摩的幌子，几乎捏碎了我的肩胛骨。

"我喜欢有个性的人，就像你。这样的人才能成事儿。"

"真的吗？"

"当然了！拿破仑、亚历山大大帝、PPDA[1]……这些人

---

1 PPDA：指帕特里克·普瓦尔·德阿沃尔，法国家喻户晓的电台、电视主持人，新闻界的常青树，也是一位高产作家。

都知道自己想要什么。"

"这倒是……"

"你知道吗？看着你，我想起了在你这个年纪时的自己。"

"是吗？"

"年轻、帅、野心勃勃，真是太棒了！但你真想成事儿的话，总要做出一些牺牲……这你同意吧？"

制片人的话伴着一股烟味。他的手使我无法转身，不得不看着对面的墙，墙上的海报写着"比免费贵，就是太贵"。我清了清堵塞的嗓子，问他"牺牲"是什么意思。

"就是说，假如你表现出一定的柔顺姿态，你的前途就会一片光明。你觉得呢？行吗？"

眼下的处境着实古怪，我理解不了。一个工资比某些小国 GDP 都高的制片人主动提出要帮我。

他把手从我的肩上拿走，背到身后，踱回去坐进真皮扶手椅。他笑了，露出满口牙，拿起一根雪茄，在指间转了转，然后递进嘴里。他拿起打火机，打着火，直勾勾地看着我的眼睛问：

"那谁，我就不玩那些虚的了——你会考虑男的吗？"

18

回到公寓后,我跟布鲁诺说了老板向我提出的魔鬼契约,问他我该采取什么态度。似乎我的前途取决于一件微不足道的小事。布鲁诺阴沉着脸叹了口气,两眼没有从电视上挪开,说我们生活在一个荒唐的年代,事业前途不看成就,只看裤子是否褪到了脚背上。我表示赞同,坐了下来,强烈感觉到可能会给我带来职业晋升的那个身体部位。我两眼瞪着门框上贴的《断背山》电影海报,喝完一杯没了气的可乐。

我没什么好策略,决定拖延时间。制片人跟我说过改天再聊聊这件事,但没说是哪天。我也许该抢在他召见我之前自己离开,昂首,挺胸,甩胳膊,摔门,但做那种事不合我的脾性,我做不来。我生来就懒,连人际关系都懒得处理:宁可别人离开我,我也懒得离开别人。所以该来的事就让它来,等着看吧,随遇而安。万一它居然没来,那岂不是一大乐事?我不管制作导演怎么想,依然还赖在公司里,这让她气得发疯。她每次看到我都脸色铁青,而我看到她就乐得要命。我的存在就是对她权威的侮辱,是挂在她脸上的一口唾沫。她肯定心里想要我死,遗憾的是,制片人想要我的屁股。真不走运。如果要玩走后门的把戏,我绝对会打得她毫无还手之力。我充分利用身上这层凛然不可侵犯的光晕，做了以前作为小实习生不能做的事——我现出了原形，迟到、午睡、脚翘到桌子上、躲在厕所里看书。这新的工作氛围给了我勇气，促使我去找达芙内并对她说："听着，我就开诚布公地说了啊。你长得漂亮，但没有才华，你在这行的前途不太光明，不过，要是你肯跟我睡觉的话，可能会大大好转。我下班后来接你如何？你喜欢吃麦当劳吗？"

我的提议显然不合她的心意。她一直看着我，仿佛我刚要求她喝下一碗鼻涕。她的回复是她要直接找制片人谈谈。几个小时后，我被叫到了制片人的办公室。他坐在真皮椅子里为我喝彩，说我把那个他记不起名字的蠢妞戏耍得不轻，然后问我对上次讨论的那个问题考虑得怎么样了。我做出记不起来的样子。

"哪个问题？"

制片人眼中有寒光闪过。他吸进一大口气，双手平放在桌上，仿佛在以此压制他的情绪。

"你心里清楚我想说什么。"

"这与我的实习津贴有关系吗？"

制片人看我的眼神变了，自以为面对的是一个比他预想中更精明的谈判对手。他两手交叉，换上一副狡黠的神色：

"说不定。这要看你了。"

"哦？看我什么？"

"你心里清楚。"

我又诚恳地回答说我不清楚。

他缓缓从座位上站起来，转过身去看他与让-保罗·贝尔蒙多和阿兰·德龙的合影。他头顶上圈起一块秃地，好似有人把一个大鸡蛋扣在了他头上。我正在心里琢磨着他是不是每天都照镜子盘点损失的发量，他突然用低沉、充满威胁的嗓音问我是不是把他当傻瓜。

"我哪儿敢。"

"那好，"他重启谈判，"我们还能不能成交？"

我呼出胸中的最后一缕气，做出深思熟虑的表情。

"考虑到我所拥有的全部筹码，我想我选择转过身去。"

他笑得满脸都是牙。

"我很高兴你能想得这么通透。"

我忽然意识到我的回答容易引发歧义。

"我想您是理解岔了。"

"那你到底是什么意思？"制片人愤怒了，"成，还是不成？"

"不成。"

制片人尽可能冷静地坐回椅子里，在此期间视线一直没从我脸上挪开。他问我知不知道我在做什么，我说知道。

"你至少知道这意味着什么吧？你说不，你的前途就完了。"

"我知道，我懂。"

"你知道想站到你这个位置上的人有成千上万吗？"

"那是他们的事。"

我耸耸肩，朝他笑了笑。他的说辞只会让我更加坚信自己的选择。

"风险、损失你自己承担。不过我向你保证，你会后悔的。青春稍纵即逝，而开往光明的列车不会有第二班。"

一列火车从两股之间驶过的画面充斥了我的脑海，一阵寒战从脊椎骨升起。我再次说"是的"，我清楚自己在做什么，或者至少清楚自己不想做什么。

制片人用冷冰冰的、恐吓的语气让我滚蛋。我怀着任务达成的满足感，脚步轻快地走出他的办公室。身后的他认为我是个傻小子，还发誓说下次我们再碰见，他会让我吞下傲慢的恶果，在悔恨中拉稀。在关上职业美梦的大门之前，我跟他说没关系："反正我也不是干这行的料。"

第二部分
Deuxième partie

1

我再也不想工作、不想出门、不想起床了。我只想享受生活,而时机恰到好处——我即将年满二十五岁。经过这么多年焦灼的等待,我终于可以领取最低生活保障金了。这个国家在1988年设立的帮助公民融入社会的补助制度使我对未来充满信心。我有生以来第一次笑着迎接生日。

第二天,我惴惴不安地去了社会服务中心。我把一切希望都寄托在保障金上,不敢想万一被拒绝了会怎么样。我没有任何应急计划,没有余钱,只有绰绰有余的惰性。总之一句话,我被逼到绝境了。所以,当审查我资料的那个人以家长式的口吻说不用担心,他们会照顾我时,我使劲咬住嘴唇才没喊出来。走出办公室,我一直等到转过街角才高兴得跳了起来,击一下掌,喝一声好,反复好几次。终于有金主赞助我的懒惰大业了!

2

然而,我的情绪低落了好几次。没工作,没前途,独自面对着腐烂的过去,我会时不时怀旧,为每一秒的流逝而感伤。忧郁在周末格外活跃,更不用说我本来就很少能在周末提起兴致。简而言之,周末和平时一样无聊,但现在却有一种无法抑制的忧愁萦绕在心头。周末意味着一个星期的结束,只为这个,我怨恨它。结束,不论什么的结束,都令我消沉。

一个星期六,无名的忧伤又堵得我喉头发紧,于是我决定出去透透气。布鲁诺要看橄榄球赛,请他陪我出去那是想都不敢想的,他肯定会像受刑的犯人一样号叫。一次我从电视前走过,电视里是一群糙汉子在互相撞着玩,他立刻对我破口大骂:

"滚开!你没看见正放着直播吗?!"

"嗜,行了,我只是打这儿走过去。"

"对,但这不是借口!"

橄榄球把布鲁诺弄得似傻如狂,还捎带着把我也逼急了。他酷爱体育,我常常看着他那癫态发笑,但有时候也真是受够了。

我漫无目的地在巴黎闲逛。

巴黎，这座我乐于消失其中的大都市，俨然一位难以亲近的姑娘。她和许多姑娘一样，太美了，我爱她的魅力，欣赏她的风韵，爱慕她的浮华，但深知自己配不上她，所以不敢真的走近她。

我最后走进了皇家宫殿的花园，拉斯蒂涅[1]的幽灵坐在我旁边。难道我已经和他一样，不再对现实抱有幻想了吗？可是我明明已经很小心地把一切幻想扼杀在摇篮里了。我靠的是懒散——有些人很讨厌懒散，但它是保护我免受一切侵害的好东西。人们常对我说："你这是在虚度生命，不知道好好利用时间，你会后悔的。"我从不反驳。我没有浪费生命，我只是看着我的生命流逝，就像别人也会几个小时无所事事一样，而不同之处在于，我是一个心满意足的观众。什么都不做大概不是解决问题的最好方案，但它至少有一个好处——保险。

坐着不能思考，于是我躺下了。真的必须在人生中有所成就吗？我的内心处于两难境地。我对自己说，不用，但心里知道，是的。史书中拥有坚定观点和明确目标的人比比皆是，缺乏抱负使我显得异于常人，甚至与常人背道

---

[1] 拉斯蒂涅是贯穿巴尔扎克小说集《人间喜剧》的角色，他在《高老头》中是一个野心勃勃但良心未泯的青年学生，最终彻底向世俗低头，在《幻灭》中已成为一个手腕狠辣的投机分子。

而驰。反躬自省那一套已经不时髦了。时代逼迫我们，不想失败，就必须前进。然而，永远不长大，什么也不背负，这才是我想要的。当然，我也不是傻子，我知道这是不可能的。要想生存，就得有钱、工作、家庭和其他一大堆东西，这些都是我的懒惰所不能给予的。

一滴鸽子粪正好落在我的肩头。它点醒了我，让我解开了日常生活的方程式——我的人生等于一坨屎。

3

布鲁诺也丢弃了成为体育记者的大志。

"我当选比利时国王的胜算都比进《队报》[1]大。"他说。

对于实习，他也不太热诚：

"不得不干狗屁一样的活儿，挣的钱还不如狗屁。"

他退而求其次，打些零工。几个星期里，他先后做过上门推销员、比萨送货员以及送葬工。如此种种，都干不了几天——原因都是性格不合。

他太害羞了，做不了销售的活儿。他的上级发现他根本不敢摁响门铃，果断地把他撵走了——他在一幢幢大楼

---

[1] 《队报》是法国著名的体育报纸，于1903年主办了环法自行车赛。

的走廊里转悠，希望别人碰见他，不料却引起一位老太太的怀疑，以为他是闯空门的，报了警。

比萨小哥当得更不顺利。一帮小屁孩设了个陷阱，把他的小摩托偷走了。他害臊得把外卖服交回店里，虽说把头盔和比萨完好无损地带回店里为他挽回一点面子，然而这还不足以打动老板的铁石心肠。布鲁诺又被开了，没听到一句"再见"，没得到一分钱小费。

他的送葬事业同样没做出成绩。他经由一个临时工介绍所搭桥，揽下一个开车运送棺材的活儿。我给他泼过冷水，可他还是欢快地揽下了，说什么至少这回没人会指责他一副臭脸不像干这一行的。就算他说的没错，他还是不得不认命：布鲁诺同情心过剩，以至于不敢正面看死者一眼，整个下午都泪流不止，到头来死者家属不得不请他离开，原因是他哭哭啼啼的样子反衬得正主的哀痛都黯然失色了。

事实证明布鲁诺比我好不了多少，也不是工作的料。他一直不肯承认这一点。我都不知道是该同情他还是该佩服他。

4

一天晚上,我们受邀参加一个老同学聚会。与那些沾沾自喜于职业成就的老同学重逢,看他们亮出各自的工资条,单是想想就让我兴奋不已,那简直不啻大半夜跳进满是龙虾的浴缸里洗冷水澡。我可以预见谈话的情形:

"你现在该怎么称呼?"

"没称呼。"

"你在哪一行混?"

"没行。"

"你有工作吧?"

"呵呵。"

他们得知我的现状后必定会表现出同情的样子,想到要面对他们,我就一阵恶心。我宁愿继续赖在床上重读《问尘》[1]。斯特凡妮不认可我的态度,她把出门当作解决一切问题的良药:

"我不会留你一个人缩在角落里消沉的。我会救你。"

说得就跟我快死了似的。斯特凡妮回到公寓来叫我陪她一起去晚宴的时候,我找不出好借口,索性决定装死。

---

1 《问尘》:美国作家约翰·范特出版于1939年的半自传体小说,描述了主人公在爱情、金钱、文学等问题上的困扰与挣扎。

她拉开隔帘，问我在不在。"别过来，我睡着呢！"我在心里放声大喊。不过我用意念发出的命令没有生效，我感到她正在走近。一步，两步，三步……她呼出的气喷到我脸上了。我屏住呼吸，把注意力全部集中到眼皮上，用尽全力使之尽可能自然地闭着，恰在这时候，她的一绺头发拂过，撩得我浑身一哆嗦。我眼睛紧闭，拳头紧握，牙关紧锁，大概和一头滑板上的河马一样放松吧。她在我脑门上贴了一张便笺。我不吱声。她在我正要假装打呼噜的时候走开了。然后，大门砰的一声脆响宣布她出发了。

她留在我脑门上的字条上写着：

"亲爱的阿尔刻提斯[1]，演员也是需要演技的。"

5

避世又怕见人的我本该回到家庭的港湾，但港湾不欢迎我停靠。当初被赶出家门时我就发现了，塞进我手里的是一张单程票。离家两个月后的一个周末，我回家取个人用品，有幸见识了我不在时家里发生的变动：他们把我撵

---

[1] 阿尔刻提斯是古希腊神话中的人物，欧里庇得斯著有同名戏剧，剧中阿尔刻提斯代替丈夫去死，又被赫拉克勒斯从地狱中救还给丈夫。在剧作及后来的多个改编版本中，她在大部分时间里都以死者身份出现。

出来，原来是为了腾地方。我的房间成了暹罗猫的殖民地。我妈妈介绍时说它们是"既好相处又不像你一样忘恩负义的可爱家伙"，微妙地透露出不让我留下的信息。仿佛用一群游手好闲的猫取代我还不够解恨似的，爸妈把我的感情所系全部转化成了实用之物。我的滑板现在是猫抓板，架子鼓成了猫窝，书架上的书被清空，换成了一套机械老鼠。我又不傻，顿时理解了其中的意思：我父母爱的是猫……这样看来，我不该把他们列为倒苦水的对象，给他们寄一张背面有埃菲尔铁塔，既玄乎又万能的问候明信片就够了。

可是我需要安慰啊，苦水已经没过肚脐，指引我去重新连接被妈妈强硬剪断的脐带。我拿起电话，紧张得嗓子眼里哼哼作响。她会说什么？勇敢？滚蛋？坚持？还是挂电话？我巴望着能得到励志的、无条件的支持，说我有一天会成长为一个真正的男子汉，但我对此没有信心。

我没有任何可以让一位妈妈为之欣喜、骄傲或惊讶的小事可说。我又变回了那个不称职的儿子，永远停留在忘恩负义的年纪，永远麻烦缠身。谨慎起见，我推迟了这通电话，然后在手机上设置了语音报时，听着时间流逝。

6

布鲁诺奔走数日，谋得一个学监[1]的差事。换作是我，会把这当成苦差，但我听到消息时还是点头对他表示肯定。他要到郊区的一所初中监管纪律，偏偏还是一所以纪律严苛著称的学校。我暗示他，大不了可以随时脱身，但他听不进去。

虽不是终生事业，但这代表着一个开端，他说。学监，让我联想起阿尔丰斯·都德的小说《小东西》[2]。我忍不住重读小说，并在想象中把布鲁诺的脸安在主人公身上，读得乐不可支。

但是，看到他晚上回家时的模样，我笑不出来了。他本人就在我面前，却一点也不好笑。我不是专业的职业规划师，但我看得出我可怜的朋友撑不到经历足以被写成一本小说的那一天。他从工作中带回来的脾气糟糕到了令人难以忍受的地步，他整个人变得焦躁、易怒、不耐烦，一

---

[1] 在法国，学监一般负责对小学、初中或者高中生进行在校期间（包括学习、住宿、课间活动等方面）的监督管理。
[2] 这篇小说的主人公个子矮小，外号"小东西"，因为家道中落不得不自谋生路。

丁点声响就惹得他生气跳脚。两位女孩,或者说两位女孩不在家这件事,也能让他气得发疯。

"她们去哪儿了?又在外面鬼混!"

我耸耸肩,爱莫能助。这么多美妙的工作都无法让布鲁诺忘掉那个女孩,她粗暴地攫走了他的心。

斯特凡妮什么也没察觉到,她太忙于享受巴黎生活了。我们最近只见过她几面,都是在时间允许她偶尔回家换衣服、补妆的时候。她看到的都是衣着风格极简的我们——穿着短裤瘫在电视机前,而且没别的话,只会对她说"哦,是你啊"或者"你买吃的了吗"。她冷淡地回复我们,那神情使我想到,我们与她平时交往的人完全不在一个档次上。

瓦莱丽则出于某个更神秘的原因抛弃了这里。也没听说她谈恋爱了。她就这么让付过租金的房间空着,令人费解。后来我才得知,我们哥儿俩住在这里让她感觉不舒服。我能理解,与僵尸同居毕竟有些地方不尽如人意。

合租的四人渐渐根据房间分配情况划分成两队,她俩一队,我和布鲁诺一队。现在我们的关系已经到达一个微妙的阶段,即客套话可以省略,更多时候彼此心照不宣。布鲁诺将一切归咎于自己,总是急于找出症结所在,他是这么评论现状的:

"这是咱们的错。咱们不配,就是这样……咱们都没脸怪她们出去找别人,换成我也会这么做——咱俩一无是处。"

他爱团体运动那一套,秉持团队精神,赢就一起赢,输就一起输。我不知道他这么说是为了拉我下水还是为了让自己安心,反正结果都是一样的:我们俩一起抑郁了。

有一天,我照例抱怨公寓的气氛让我难受、精神上有压力,布鲁诺说:

"我是无所谓。反正对我来说,工作日也好,周末也罢,都一样。"

7

有些人天生走运,布鲁诺则天生倒霉。他就是加斯顿·拉格斐[1],百分百的倒霉鬼。我就近观察他,就像人们看恐怖片一样确信会有坏事发生,他果然从没让我失望过。哪怕有一百个人在他周围,什么鱼肉里吃出刺啦,酸奶过期啦,踩狗屎啦,天上掉瓦片啦,他也准能碰上,从没别

---

[1] 加斯顿·拉格斐是比利时漫画大师安德烈·弗朗甘创作的漫画人物。他是欧洲家喻户晓的"捣蛋鬼",其姓氏"拉格斐"(Lagaffe)拆开来看有"闯祸"的意思,他的倒霉也多半是咎由自取。

人的份。他就是一只能让"永不沉没号"沉没的黑猫[1]。如果有人说他的祖先在泰坦尼克号上我也不会吃惊。有一天,大学的秘书打电话通知说他的文凭被弄丢了,所以他的学历已经无效。还有一天,他收到老家图书馆的一封信,说他小时候借过一些漫画没还,要缴累积罚款。布鲁诺一再拉我为他遭遇的奇事做证,还问我是不是只有他这样。

我憋住笑说,有可能。

布鲁诺悲叹道:"为什么偏偏是我?为什么?"

我哪知道为什么,我只是怀着无限的兴致观察这个诡异的现象。倒霉到这个级别可不是一般人了。这号人去了拉斯韦加斯想必会被赌场供起来,只为他能带来霉运,让那些赢了庄家的赌徒再输个精光。身边有这么一个非凡人物,我苦思冥想,看用什么方法可以把他的天才能力变现。无果。在我看来,我们两个人在一起做任何事都注定会失败。

8

我的精神忽而高涨,忽而低落,搞得我像坐在黑暗中的过山车上一般头脑眩晕。情绪可能一觉醒来就变了脸,

---

[1] 在西方文化中,在船上养黑猫可以给船员带来好运,让其平安回家。

叫人认不出来。我忠实的伙伴布鲁诺深谙苦涩的滋味，所以他以他那种连喘粗气带叹息的方式忍受我的脾气，说他知道我在经历什么。我挤出一个微笑以表谢意，他反手一挥，扫掉我的笑容：

"咱们俩之间不来这个。傻瓜才微笑呢。"

我耸耸肩，任他与他说的话自相矛盾——他做了一个鬼脸，龇出满嘴牙。

我们俩的合租生活在一团混乱之后总算达到了某种平衡。他以灰色的眼光看待生活，而我分时候，有时红，有时白。这些颜色混在一起也许并不符合美学，但也绝不是黑色。实际生活中一开始有些无法达成一致的小分歧，现在也以互相妥协的方式解决了。他早点睡，我晚点睡；他戴耳塞，我戴耳机；他非常健谈，我只听不说；他不再往洗手池里撒尿，我停止在淋浴时唱歌。在这些共同努力之外，我们还找到一些足以维系我们友谊的共同点：我们都爱麦片、比萨和女孩，更重要的是，我们都不怎么爱跟人打交道。

究其原理，不活泼的性格本该使我们互相疏远，但被监禁在同一间牢房里，它反倒把我们拉近了。

我们逃避努力，逃避责任，一天天地瘫在沙发里，面前的电视展现着一方迷你的世界。而屋外，则是我们害怕面对的世界。

9

一天,我们的忧郁为我们招来了非议。布鲁诺用哀婉的嗓音说斯特凡妮嫌弃我们了。她嫌我们太乖、太平庸、太悲伤了。反正就是太不成样子。她期待我们能带来更多惊喜、更多表现、更多的"秀"。布鲁诺又以单调的、宿命论者一般的口吻补充说我们该认命:"无论如何,她说得有道理,但也没法子呀,咱们就是无趣的人。"我想抗议,想说不是呀,说得了吧,但终究无力说出口。

10

关于我如何安排时间的问题没完没了,我渐渐地烦不胜烦。

"你每天都干什么呢?"人们总爱这么问我。

我从来不知道该怎么回答,于是只得临时发明一些事务,想到什么说什么,但慢慢的居然也总结出一个标准答案。我说我整天站在窗前看云,期待从中看到一个迹象,指引我做点什么。

"那你想看到什么迹象呢?"他们就会接着问。

我回答说这很复杂。当我凝视云的时候(说着说着我真的入戏了),我能看到一切:熟悉的脸、奇珍异兽、塞得很满的枕头、银河军舰……什么都有,唯独没有生活的意义。我厌倦了在云中痴痴地寻找,总是以低头告终。我终究还是无法回答这个问题——"你每天都干什么呢?"

11

距离我初次申请最低生活保障金已经过去了三个月。人家说过"会照顾我的",现在果然把我叫去二次面谈,以决定我的合约是不是值得续签。他们就是这么玩的,像跳格子游戏那样,一下子把你打回第一格。那么,这段时间里我做什么了?这个问题提得倒也合理。

根据我的粗略估算,本人——

睡了超过1000个小时(含午睡)。

看了72部电影(不全是好片)。

在电视机前度过了500个小时(短片、广告、电视剧)。

读了34本书(只读口袋本)。

被问了272次"你想做什么来度过一生"。

手淫了20个小时(分多次完成)。

总之，我没有浪费时间，就看这是否合保障金咨询师的胃口了。我很快就知道了，答案是"否"。接见我的是一位身材娇小、神情严肃的女士。

"看来，您就是那位爱说笑话的？"弗鲁萨尔[1]太太与我握手时这么开场。

咨询师大人一脸凄苦地摇头，然后用指尖轻轻敲打写有我名字的档案袋：

"我在您的档案袋里看到了您的申请信，我给您读一段吧：'我并不反对工作，只要不是逼我去工作就行。'您能给我讲讲这句话是什么意思吗？"

我耸耸肩表示不理解。

"我看不出有什么问题。"

"问题？这位先生，问题就是您把最低生活保障当成假期了，可它不是。"

我极力抗议，论据是我几乎每天都去图书馆，所以说我是在为下一份工作提高自我修养。至于我去那里是为了看日本漫画这个事实则与她无关。

"听着，我只相信亲眼看到的东西，而您的申请信只暴露出一个万事不在乎的年轻人，他自以为能够让社会服

---

[1] "弗鲁萨尔"（Froussard）一名有胆小、怯懦之意。

务部门为自己的无所事事埋单。"

"不是这样的,完全不是,我向您保证。我没表达好,那是一种幽默!"

"那我必须立刻叫停您的幽默。谁告诉您我是来找乐子的?我重申一遍,工作是严肃的事情,没有任何取乐的余地。"

我狼狈地垂下头,恳求她接受我的辩解。

"先生,我才不听您有什么借口。我跟您说这些是为了您好。您看起来人不错,但您得长大了。人生并不是想做什么就能做什么的。就拿我来说吧,我想成为明星舞蹈家,但我不会穿着短纱裙来上班,您听明白了吗?您真以为我在这里很快活吗?"

我开始跟不上她的逻辑了,但我做出听懂的表情,点头认同她并问她到底具体想要我怎样做。

"我把您的申请信列入搁置待考区。我给您两个星期,到时候再来见我,给我带来您积极找工作的证据,如此一切都好说。否则,哼,我将不得不终止发放您的保障金。"

12

遭受了咨询师的当头棒喝,我头朝下栽到床上。除非奇迹降临，我必须开始工作了。我找来胶水、剪刀以及布鲁诺收到的拒信，开工。

只用了几个小时，我就改造出了三封写着我名字的拒信。手段粗糙得可笑，但效果仿佛天成，真得不能再真了。布鲁诺回来后看到我坐在如山的假文件堆中，痛心地说：

"我说，你就寄一份普通的简历，像所有人一样，岂不是简单得多？拒信又不是多难得到的玩意儿。有些企业好像有专门的系统，会自动给你回拒信。"

我回答说那是两码事。

"你不懂。这是原则问题，没得商量。再说了，我可不能冒着被录取的风险。我对自己有数，到时候我会糊涂应下的，我这人不懂得拒绝。"

布鲁诺抓了一把我炮制的假信，贴到眼镜上看，眉头皱了起来：

"我希望你的咨询师视力有问题，不然你就完蛋了……"

我不耐烦地说如果他只想提出批评的话就不用麻烦了。布鲁诺抬眼望天，喉间泄出的一声叹息使他的脸色愈加阴沉，比患哮喘病的黑武士还要黑上几分。他说：

"说实在的，我真搞不懂你！如果你能花同样的心思找工作，而不是躲避它，你早就成为世界之王了。"

我头都没抬，反驳说我对"世界之王"可没什么兴趣。

"你活像个空心木偶。"布鲁诺抛出这么一句评语。

"如果木偶意味着没有责任、压力和日程表的话,做木偶恰恰是我的理想。"

13

两个星期像一段广告一样飞快地过去了。第二次约谈的那天早上,我收拾背包,忐忑不已。尽管已准备好大量的假文件,我仍怀有怯意。为什么?因为我保证、发誓、赌咒过了——当最低生活保障金的咨询师告诉我过两个星期后再去时,我信誓旦旦地说,到那时我会焕然一新。现在审判日到了,我除了粗陋的谎言、一嘴老羊驼般的臭口气和额头上的两个痘痘外,再无一物是新的了。

早饭我一口都咽不下去,于是我起身把杰作放进文件夹,还不忘把上面的皮筋勒紧。松手时皮筋"啪"的一声,仿佛抽了文件夹一鞭子,我随之一阵哆嗦,然后上路了。在通往断头台的路上,我一直在回想着这三个月的保障金。苍天在上,这三个月怎么过得这么快!只要它能延续下去,我甘愿付出一切。

抵达服务中心的灰色大楼时,我开始反思这三个月给我留下了什么。徒有一些回忆,还不是什么了不起的回忆,它缥缈如烟，禁不住一丝风吹。但这不正是我所幻想的生活吗？我从儿时起做梦都想拥有的、由空虚和午睡构成的甜蜜生活啊！我在内心深处责骂自己没有好好利用这段时间写一部小说，以此来铭记这段慵懒的黄金岁月。现在一切都太迟了，只是在我的未完成事项清单上又添了一笔罢了。就这样吧。我深吸一口气，鼓足勇气推开正门，走到前台，用微弱的声音请求面见弗鲁萨尔太太。

前台小姐很不好意思地说弗鲁萨尔太太不在这里了。

"但是请您稍等，贝拉米[1]先生会接见您的。"

一切都变了啊，我准备来见一位舞蹈明星，实际上却是一个姓贝拉米的。该怎么看待这个可爱的姓氏呢？他会人如其名吗？初中时有个姓博勒加尔的同学却是个斜眼[2]，这不由得让我心生疑虑。

一个嘶哑的声音喊了我的名字，把我从姓名的遐想中唤醒。循着这个野兽般的、奸诈的声音望去，只见一个黑眼睛、尖牙齿的男人站在那里。他站着，又仿佛随时要跳起来的样子。漂亮朋友，我心想，该你我对决了。

"那谁，先生，"他说，"请跟我走吧。"

我回答说好的，乐意之至。贝拉米惊诧了：

---

[1] "贝拉米"（Bellami）的发音与"漂亮朋友"（bel ami）相似。
[2] "博勒加尔"（Beauregard）拆开来看意为"好眼神"。

"哦，好吧，看来您还挺客气的。"

他的和善态度很可疑。是不是诡计？装成羔羊的狼人？我跟着他走到他的办公室，战战兢兢，怕掉进陷阱里。他为我开门后问我是不是想进去。

"这是个问题吗？"

"是一个问题。"

这是个测试？有摄像头在拍我们？我感觉自己像实验室里的小白鼠。贝拉米继续观察我，面上不露声色。"他可真棒，简直像个机器人。"我心想。我直视他的眼睛，说是的，我很想进去。他如释重负，甚至友好地拍了一下我的后背。

我还没来得及吃惊，贝拉米就请我坐下，然后问是什么风把我吹来了。我磕磕巴巴地说，是失业的风。

"我明白了，"他神色庄重，"这风可不是暖风。"

"那还用说。"

"但您总还保持着斗志吧？"

我说不一定，分日子，分时候。贝拉米带着沉思的神情点点头。

"是啊，现在的气候太多变了。"

"呃，是的……"

"说点具体的吧，"贝拉米重起话头，"我能为您做点什么?咱们私下里说,我上个星期刚来,还没有完全熟悉工作流程。"

"那个,我只是来续签我的最低生活保障金合同。"

贝拉米以手拍额,嘴里念叨着"瞧我这脑子",从我的文件夹里取出了合同。

"您知道这种事是怎么处理的吗?"

我点头。他说:"那就好办了。"说完咧开嘴给了我一个大大的微笑。

办完一系列常规的手续,他起身与我握手,像问候一位王子似的说:

"我亲爱的先生,请允许我说很高兴能与您一同讨论问题,我由衷地感到高兴。我盼望着再次与您相会,祝您度过美好的一天,并祝您身体健康。再会!"

我从他的办公室走出来,感觉很奇妙,就像刚从梦中醒来,分不清什么是真、什么是假。不可能这么容易吧?可能吗?但我手中的合同就是答案。三个月!我又可以安心度过三个月了!

太空漫步和滑步舞无缝衔接,我一边跑一边喊出内心的狂喜。一个司机差点撞到我,骂了我一句"傻蛋",我却报之以微笑。

14

晚上，布鲁诺在隔帘那边背过身去睡觉，而我像个疯子似的跳舞。我耳朵上扣着头戴式耳机，随着音乐的节奏扭动身体，为昏昏欲睡的巴黎献上我如遭电击的一支舞。我跳跃、旋转、摇摆。我是努里耶夫[1]，我风华正茂。我感觉自己正活着，内心有无尽的喜悦，伸手就能触摸星辰。我忘记了现在，置身于未来。我热爱音乐，让音乐占据我的身心。除了怕发出声响，我没有其他顾忌，于是我就在我的一方小地毯上跳。我闭上眼，在月亮上漫步，掠过沉闷的空气，划过浪尖。然后，当我伴随着提姆巴兰的一支曲子像高达一样卖力跳着机械舞时，布鲁诺的声音从昏蒙之中传出，问我是不是快完事了：

"嘿！你以为你打飞机我听不见吗？"

15

有了三个月的保障金，我的生活重回正轨，床重新成为生活的大本营。横在生活之上的必需品是《南方公园》、

---

[1] 鲁道夫·努里耶夫：苏联著名舞蹈家、编舞家，后加入奥地利国籍，曾任巴黎歌剧院的芭蕾舞总指导。

The Streets 的歌和纪尧姆·克莱芒蒂娜的《倒霉小子》。一天晚上，布鲁诺掀开我的羽绒被找我。

"那谁，咱们有事要做了。"

"什么事？"

"瓦莱丽的生日快到了。"

"那又怎样？那是她的生日，不是我的。"

"是，但是斯特凡妮提议咱们给她送点东西。"

"哦，明白了。"

瓦莱丽不是个坏女孩，只是在喜好方面跟我们合不来，我们都不怎么喜欢她。斯特凡妮与她的友谊给了她一个豁免权，要不是看在斯特凡妮的面子上，我们俩早把她赶出去了。她老让我们替她收拾垃圾、餐具和屎尿，简直把我们逼疯了。不过，除了做家务方面有过节之外，我们再也想不出她有什么特点，所以要选礼物都不知道从哪里下手。

一阵小小的头脑风暴过后，布鲁诺想出一个点子：送吸尘器。他从口袋里掏出一张纸，高举在空中，像举着一张古埃及莎草纸。

"这是啥呀？"

"标明垃圾投放点的地图。"

我被这个点子逗笑了，但我也做了最坏的打算。尽管伪装成玩笑,这指责恐怕会引起乱子。

瓦莱丽读纸上的信息时,我对她点头表示肯定。她顿时泪流满面,如遭雷击,扔下纸,鞋跟一拧,跑进自己房间不出来了。斯特凡妮拾起纸,转身看着我们,但视线只肯抬到我们的胯骨,说:

"这下你们满意了吧?"

布鲁诺狼狈地嗫嚅道我们没有恶意,但斯特凡妮甩门而去。

16

瓦莱丽的生日开启了合租的新纪元。晴天之后总是有风雨嘛。

布鲁诺萎靡不振,因为他被学校以"过分仁慈"为由开除了。校长认为他心太软,多次警告他要对学生更严厉些。他终于壮着胆子罚一个孩子放学后留校一小时。这孩子叫迈赫迪,曾往布鲁诺的头发上粘口香糖。这已经是一周内的第五次恶作剧了,小小惩戒也是合情合理的,但布鲁诺还是很难受,难受得想吐,难受得第二天无力去工作,第三天也是,接下来的几天亦然。一个星期后,他接到校长的一通电话,鼓励他去找一份"更适合他性格"的工作。

"适合我性格的工作，"布鲁诺无力地甩着两臂说，"谁不想啊？但什么工作才适合我呢？"

"您这是在问我吗？"

我们俩都失业了，有大把大把的时间，按说应该变身成居家仙女[1]，但问题是在我们合租的公寓里，"家务"已经成了一个敏感词，没人敢提，更没人敢触碰。以前，在狂饮之夜的次日，我们还能听到它的敲门声——提醒我们得收拾一下满地的酒瓶子才能有个落脚的地儿，而现在，我们都心照不宣地充耳不闻了。沙发底下的比萨、冰箱后面的甘蓝球、满地如绵羊般的灰团、墙上的榛子酱印迹、水槽里的碗碟城堡……我们都装作看不见。坐垫里散发出啤酒发馊的酸味、冰箱果蔬筐的霉味、浴室下水道里的臭味、马桶边缘尿渍的臊味……我们统统闻不见。卫生部门应该能够以"糟蹋卫生"的罪名逮捕我们了，但我们不在乎。事已至此，我们已经适应了。这就是我们的绅士风度：两个女孩是母猪，那我们两个男的就顺势变成公猪。

---

[1] 居家仙女：类似于中国神话传说中的田螺姑娘。

17

在布鲁诺的话语和想法之间,有一样东西叫作"矛盾"。他信誓旦旦说女孩的事已经结束了,斯特凡妮只是历史,感情不过是指间的一阵轻风。我笑而不语,一个字也不信。布鲁诺只是在欺骗自己。夜间,我能听到他迷失在自己的春梦中,而梦中的女主角显然名叫斯特凡妮。我听到他在欲望的纠缠中扭动,其间还夹杂着更多对立的情感。他在自我安慰的意淫中自我折磨。我忍住了叫醒他的冲动,因为我劝服自己,他完全有做梦的权利。可是,布鲁诺最可怕的噩梦以"夏兹"的面貌现身了:斯特凡妮向我们介绍她的男朋友夏兹,一个一身嘻哈打扮的时髦年轻人,本名希尔代里克。夏兹是一支(据他自己说)即将粉碎一切的饶舌乐队——"慢跑"乐队的主唱。斯特凡妮第一次把他带回来的时候,我简直被他的愚蠢震惊了。不只是他的外表、自大的神气和不靠谱的身份,他整个人都像一本白痴说明书。他打招呼的方式证明了这一点。他在两次眨眼之间甩出一句:

"你们好,处男。"

我差点把舌头吞下去。我以为斯特凡妮是个明白人,不会让我们陷入这样尴尬的境地,但她确实带回来了一个傻瓜。如果他是因为与潜在情敌竞争的心理才制造出这种第一印象，我愿意自动将之清除。我假装没听见，巴不得他嘴里吐出来的第二句话能抹掉第一句，但第二句更糟糕。他摘掉墨镜，向我们庄严地宣布："如果你们从没见过饶舌巨星的话，现在睁大眼睛吧。"

我们闲扯了几句，没说什么内容，只是夏兹跟我们分享了他内裤的牌子、银行账户的存款总额和生殖器的尺寸而已，然后斯特凡妮说她要打一个电话：

"你们正好互相认识一下，说点男人之间的话……"

这时，在斯特凡妮引进门的恶魔头顶上空，一个天使飞过[1]。他品尝着自己的胜利，扬扬自得地嚼着口香糖，嘴里咂咂作响。他扫视了一眼客厅，问我们：

"我说，姑娘们，这就是你们的房间？"

布鲁诺耸耸肩，问他有什么问题。夏兹回答说"no problem"[2]，又说这里还挺"old school"的。然后，他给了我们一个讨厌至极的招牌微笑，脚尖朝我们作势踢了一下，以一种共谋坏事的口吻说：

"哟……我能问一个问题吗？"

---

[1] 此处活用了一句法国谚语——一群人突然集体陷入沉默，那是因为有天使飞过。
[2] "No problem"（没问题）与下文的"old school"（老派的）都是饶舌歌手常说的英语词汇。

我同意了,只要不问我们生殖器的大小就行。夏兹清了清喉咙,又窥视了一眼走廊以确认斯特凡妮不在他背后,然后才带着肉食动物的笑小声问:

"跟我说说……她在床上怎么样?"

布鲁诺从座位上弹了起来,就像坐到了刺猬窝上。

"你们跟她一起住嘛,"夏兹解释道,"跟我就不用装了。合租嘛,我知道是怎么一回事。我和三个妞儿合租过,三个我都上了!在每一间房,变着法儿搞。别跟我说你们睡在客厅里,早上给她端一份床上早餐就满足了,我可不信那一套!"

布鲁诺攥紧了拳头。我回答说没有,真的,我们从没有尝试过做那种事,她只是我们的朋友,不能搞混了。但他显然不信,用手做出吹洞箫的样子。我从眼角瞥见布鲁诺的脸红得发紫,心知必须换个话题了,但我既不懂艺术也不懂智障的世界,只能发挥我的聪明才智了。

"这么说,你是搞艺术的?"我问。

18

与斯特凡妮男友会面的结束与开场如出一辙。他带着"处男们再见"的表情与我们握手作别,不过在此之前,他没忘记向我们透露:他是新时代的吉姆·莫里森;他拿毒品当早餐;他认识皮特·多赫提;他是性爱野兽,可以一次坚持几小时,人称"马拉松汉子";他的智商堪比"完"因斯坦;他得过碰碰车大赛冠军,以及他认为斯特凡妮在他的战利品中是排名前十或者前十二的漂亮妞儿,等等。大概就这些吧,只多不少。简直就像一场愚人秀,让人看不下去。上帝保佑,终于到了他说再见的时候。夏兹把斯特凡妮拉到身边,环抱住她,把舌头伸进她的嘴里,而后一路伸进她喉咙里。他把手放在斯特凡妮的屁股上,说:"西蒙娜,上车吧[1]。"然后扭头看我们,并告诫我们:

"好了,哥们儿,嗨的时候悠着点!"

目送夏兹嬉皮笑脸地走向他所谓"该去"的地方之时,我不禁想到一个问题:为什么最值得称道的人一旦成双成对,就都会变得这么讨厌呢?恋爱强迫两个人共用一个脑子吗?关上门后,我还在愤懑地摇头,而此时布鲁诺已经瘫软在地,像一个在阳光下待了太久的雪人。

---

[1] 西蒙娜,上车吧:法国俗语,意为上车、上路。西蒙娜指传奇女车手西蒙娜·路易斯·德福雷,二十世纪六十年代初,著名电视节目主持人居·吕克斯曾借用此语招呼搭档西蒙娜·加尼耶,使之成为家喻户晓的俗语。

这是一个不眠夜，灰色的白夜。布鲁诺睡不着，也没有睡意。他已经不会呼吸了——只剩下叹息。我怕他淹死在懊悔之海中，便开口打破了沉默：

"也许这样反倒更好。"

"哦，是吗？怎么个好法？"布鲁诺语带哽咽。

我哪里知道？干脆闭嘴吧。这样又过了一阵子，对面的酒吧传来阵阵欢呼，提醒我们现在是周六晚上，还不是睡觉的时候。布鲁诺突然变成了哲人：

"归根结底，我看咱们就不是女孩的菜。咱们不擅长这个。"

新的一轮哀叹又开始了。他果然又搬出了"束手待毙，这样更省力"那一套。不知道出于什么原因，每当布鲁诺落水的时候，他就一定要沉到水底才肯重新浮出水面。也许他喜欢破罐子破摔吧，我不知道。事有不妙，只求更糟。一只膝盖跪地了，脑袋就跟着垂下去，一直垂到地下三尺。没精神的时候就放任自己听那些要死要活的歌，听得自己泪水涟涟。我对此不敢苟同，但这是他的独家行事方法。他惯于把画布全部涂黑再重新上色，而我只管有一搭没一搭地听他说。他发出一声长叹，又开始慨叹：

"亏我还以为是咱们不够好，配不上她呢！你瞧见她给自己找来了一个什么货色吗？我惊呆了！你能不能告诉我,她到底为什么这样对咱们?"

"我不知道啊,"我说,"也许是因为你没给她选择的余地……"

他似乎无法独自承担这次失败的责任,所以修正了一下我的说法:

"嗯,你说得对。我认为这是咱们的错……要怪只能怪自己……咱们俩真是狗屎。"

19

"明日之歌"的嗓子哑了。布鲁诺消化不了斯特凡妮硬逼他吞下的药丸,卧床三天三夜。他不吃、不喝、不说话,一点动静都没有,虽然还活着,却与死了无异。整个客厅都沉浸在黑暗中,我不得不调整自己,以适应这种僵尸般的新生活。然而,我渐渐发现环境的阴暗无益于心情的明朗,我也开始向他靠拢了。布鲁诺的阴郁笼罩了整个公寓。抑郁就在不远处,我能听到它的脚步声,感觉它正在向我逼近。它是不是在等我转过身去,然后扑上来扼死我呢?我提高了警觉。

我以自己的方式极力抵抗消极情绪的霸凌——躲进我的 iPod 里。在外面攻城略地难,在这一方小天地里增加播放列表却易如反掌。我给每个列表都起了一个女孩的名字，又赋予每个"女孩"独特的性格。

佐伊是一个穿花裙子的开心果。她喜欢桂花，爱笑爱闹。她的乐队都是放浪形骸的，有街头霸王、史宾托和暗箱等。这个女孩能让我的生活熠熠生辉。我幻想和她一起在阳光下漫步，在沙滩上野餐，在清澈的泉水中沐浴。在她身边，我就心情爽朗。

奥利维娅就没那么快乐了，她是个有怀疑精神的人，质疑一切。她裙子底下穿着牛仔裤。她魅力四射，眼睛是一种近乎透明的蓝色，这使她的微笑似有若无。她的音乐品味与其形象相似，有魅力但缺一点味道。她喜欢特拉维斯、CocoRosie、文森特·德莱姆等。奥利维娅是个无可指摘的好姑娘，就是有点爱自寻烦恼。她喜欢在男生的身体之下，接吻时从不伸舌头。她人很好，但有点不接地气。在她身边，我常常叹息。

最后还有多琳娜，这位皮肤冷白的冰雪美人有"危险关系"[1]式的目光，一眨眼便叫人神魂颠倒。她喜欢雨，觉得人生虚妄，常与我谈论波德莱尔。她挑选出的音乐能修复破碎的心。她最爱波迪施海德乐队、艾略特·史密斯、

---

[1] 《危险关系》是一部著名的法国书信体小说，讲述当时法国贵族堕落的感情生活。

电台司令和尼可。在她身边,生活宛如一艘喝醉了的船,下沉,下沉,继续往下沉,却永远沉不到底。在她身边,不消说,我是消沉的,然而——请试着理解,在她的怀抱中,听着她的嗓音和命令,时间似乎显得不再漫长。

三天的黑暗和哀叹过后,我毅然决定起身离开这口大棺材。我动用身上仅存的几块尚未萎缩的肌肉拉开窗帘,把阳光再次放入我们的生活中。太阳投射出种种颜色,凡·高想必会为之着迷。我欣赏着眼前的美景,心想世界也并非全然丑陋不堪,这时候,一个微弱的、听天由命的声音从身后飘来:"反正这好景也不会常在。"

布鲁诺好多了。

20

冬眠结束了,我们毕竟不是熊。在黑暗中待久了,脑子也逐渐发酵,以至于最后发了霉;一人张开口,两人都能闻到口臭。得换换空气了。

巧得很,就在我们死而复生的那一天,我的朋友吉多在一家酒吧组织了一场九十年代主题的派对。好几个熟人都说会去,我也头一回欣然前往。

我是在电视台实习时认识吉多的,两个人同为工作上的废物,很容易合得来。他也是给主持人写手卡的,一次他在一位女主持人的提词器中偷偷插入了几句爱的告白,后者照单全念,于是他被转岗去打扫演播台了。

吉多是个身高一米九的大情圣,他活在世上,不为功,不为名,只为爱情,为他与全天下女孩的爱情。人家极少搭理他,换成一个懂得自爱的人早就扛不住了,但他不是那样的人。"重在尝试。"他总是这么说。他就是爱女孩子,漂不漂亮都无所谓。胖子、侏儒、秃的、独眼的、多毛的,他都爱。"我不在乎美貌,只看中女性之所以为女性的东西。"他一直在寻找有可能捕获美好女性的陷阱,最近刚发现女孩们都喜欢跳舞。自那以后,他没有一个星期不组织派对。吉多邀请的是我,我顺便叫上布鲁诺,他却劝我回绝,说什么九十年代绝对不值得庆祝。

"管那个干吗?"我说,"重要的是去换换脑子。"

"不能不管。那十年可是谋杀音乐的十年!"

"哦,是吗?那垃圾摇滚呢,你怎么说?"

"就是那破衣烂衫加长毛的玩意儿?"

他有他的执念,我有我的论据。我最终用一句话让他想明白了:在舞会上遇到真命天女的概率大于在橄榄球赛场上。布鲁诺屈服了。

"好吧,我去,但我不保证自己到时会热情洋溢。"

看到他态度有所保留,不情不愿的,我选择性地保留了信息,没有告诉他派对要在一个同志酒吧举行,只向他保证他不会后悔的。

我和布鲁诺正好相反,一想到这个音乐派对就满心喜悦。对我来说,这是向被低估的欧陆舞曲天才致敬的好机会——从阿尔班博士到快嘴约翰,他们曾让我的牙套和痤疮都随之舞动不止。布鲁诺再一次咕咕哝哝地说看不出来一头扎进一个问题成堆的时代有什么意思,但说归说,我们还是上路了。抵达那里时,欢迎我们的是一块彩虹式样的招牌,不过布鲁诺没看出什么蹊跷。走进室内,派对的性质一目了然,再没有遮遮掩掩的余地。满满一屋子的男人,乱吼、乱叫、乱舞,音乐、舞姿令人想起《同志亦凡人》的片头,满眼都是皮革和胡子。布鲁诺皱起了眉,问我这又是在搞什么鬼,把他拖进了一个什么恶作剧。我只回答他说,反正来这里总好过一个人待在公寓里,在黑暗中听着史密斯乐队的歌吃红肠。他耸了耸肩:

"至少在家里,我知道没有人会试图把红肠塞进我的菊花。"

我不失礼貌地笑了一下,布鲁诺的精神也放松了下来。他的玩笑虽然糙了点,但好歹打破了僵局。这时候,吉多招手示意我们过去。他在乍明乍暗的灯光中坐在一张酒桌旁,旁边坐着一个有点女里女气的小个子男人。

"我来介绍一下,这是刘易斯。"

小个子男人伸出又软又湿的手,小心翼翼地与我们握了握,然后说道:

"叫我断背王子吧。我更喜欢这个称呼。"

刘易斯和吉多在同一家酒吧打工挣钱。在发现了自己做酒保的天职那天,刘易斯同时发现了自己的性取向,而且是在同一地点——电影院。在影片《鸡尾酒》里,汤姆·克鲁斯当上了酒保,从此走上人生的康庄大道。刘易斯爱这部电影爱得入魔,把片中的许多台词倒背如流,仿佛那就是十诫。吉多看中他打掩护的作用,带着他从事泡妞大业;他则看中了吉多美妙的屁股,惦记着抽冷子从背后来个突然袭击。简而言之,他们俩是利益共同体。

几番客套话过后,我知道了断背王子不是为音乐而来的。"嘣,嘀唧,嘀唧,嘣……"磁带放的复古音乐在我耳边轰鸣,犹如在为我的青春送葬,刘易斯突然问我有没有试过男生。一阵寒栗传遍全身。我用颤抖的双唇告诉他,没有。

"太遗憾了。"他单眼眨了一下加强语气,"你真不知道你错过了什么!"

"大概是吧。我听人这么说过。"我发出一声叹息。

背上挨了一记猛拍。我的朋友洛塔尔用他标志性的快人快语转换了话题:

"我说,你的脸色也忒难看了!刚从监狱里出来?"

洛塔尔是我初中时认识的,一同被罚留校的那一个个钟头缔结了我们的友谊。他不像我这么幼稚,高中毕业时就明白了一个重要的道理,即工作无关激情,只是挣钱的手段,只为挣钱,只能挣钱。任凭我怎么夸耀综合大学里闲散优游的生活,他都毫不动心,直接进入一所很不错的商校,出来后成了一个商人。

他的工作,我一点也不了解。太多数字啊、责任啊什么的,我完全搞不懂。我只知道他很能挣钱,然而大把的钱也没什么用,依然要靠在电脑上下载色情电影度过夜晚的时光。我认为我俩差不多,但他想的却正好相反:他虽拥有财富,但我拥有自由。

受挫的洛塔尔把我的日程表当作一件当代艺术品一样欣赏。他问我这个星期干什么了,我有点难为情,说啥也没干。

"哎哟,我的大懒汉!你是真的大彻大悟躺平了啊。"

派对无惊无喜地继续。布鲁诺往啤酒里掺糖浆,吉多为气氛不佳而伤心，洛塔尔一直问女孩儿都去哪儿了，而我则竭尽全力忍住哈欠。刘易斯想逗我们开心，却非常遗憾地发现他的表演没有获得应有的关注。

这一夜正在缓缓地滑向失败，洛塔尔孤注一掷，试图一举把我们从无聊的魔爪中解救出来：

"咱们去看窥视秀好不好？"

布鲁诺听后面色煞白。洛塔尔接着游说，说什么窥视秀和马戏团表演一样，人一生中至少该去看一次。

"不能稀里糊涂地死掉嘛。"

刘易斯的白眼翻到了天上。他认为跑去看光屁股的女孩简直滑稽透顶，花钱去看更是不可理喻。我则无可无不可。最后是吉多平息了众议：

"还是一起去吃烤肉卷吧。"

21

时光流逝。我在无聊的驱动下安排我的时间，就像小孩玩乐高那样——把无聊时光填满，只为让它们在我的日程表上少占地方。有时我脑袋一热，想回头检视一番，核查它们是否被虚度了，但一走神，又想别的事情去了。东想西想，突然想到一个问题：如果把我的人生拍成电影，那会是什么样子？会是一出悲剧吗？喜剧？科幻片？身为主角和执行制片人，我比谁都清楚，这种情节拍一部短片都嫌没料。可我仍然为这个问题而纠结不已。该选谁来演我呢？哪个导演适合执导我的人生？什么样的制作团队会投资"空虚"呢？用什么样的海报呈现无意义？人必须拥有不平凡的人生吗？必须压抑本性才能成为英雄吗？绝对、完全、彻底的无所事事算不算一件作品呢？

我被一连串问题淹没，开始怀疑起自己的思考方法。说不定我开头就选错了路。说不定人生与电影没有一毛钱关系。说不定无聊与艺术也没有关系。最后我问布鲁诺，假如他的人生被搬上银幕，那会是个怎样的故事。他的回答一成不变：

"广告。我的人生变成影像，将是一段广告……对，薯片或者速冻食品的广告……或是一场足球比赛，但得是全场没有进球的，很无聊的那种，你懂吗？噢，你老问些这样的问题，烦死了！"

22

自古祸不单行，我们都知道这个道理。斯特凡妮带男友回来以后，布鲁诺郑重地说：

"现在该轮到瓦莱丽了。我敢打赌,她会在这个星期结束之前给咱们带一个男的回来。"

布鲁诺不是半仙,但他预言出错的概率微乎其微。瓦莱丽没有一丁点思想来指引自己,只能仿效斯特凡妮的样子组织自己的生活。当她和心仪的男孩一起进来时,布鲁诺看着我,那神情仿佛在说:"你看,我说过吧?"瓦莱丽没有注意到我们俩心照不宣的微笑,眉飞色舞地给我们做了介绍,说她是在萨尔萨舞课上认识的罗德里戈。

我们就这么认识了罗德里戈。他的外形难以描述。他一句话没说就把瓦莱丽勾到手了。舞蹈是他的名片。

布鲁诺恨恨地说:"你看到了吧?这哥们儿是个明白人!我一直这么说:漂亮话,一点用都没有;唯一重要的,就是冲劲!"

这一次,还真让布鲁诺说对了。

罗德里戈连超过三个法语单词的句子都说不出来,只能用身体交流。瓦莱丽的注意力稍有松懈,他就立马起身来个踮脚站立或跳一段恰恰舞。似乎无论犯下什么罪过,他只要随着节奏扭两下就能被谅解。布鲁诺和我仔细观察这位创作中的艺术家,试图模仿他的诱惑手段。这天夜里,我们俩各占隔帘的一边,努力再现罗德里戈的舞姿,可每次都以骂脏话告终。我们俩都不会跟着旋律扭动,只会跳鸭子舞。

"没法比。咱们又不是堂吉诃德,血液里就没有斗争的细胞。"布鲁诺说。

两个脱单的女孩互相祝贺。换一种情景的话,我们或许还会为朋友找到幸福而开心,可是我们生活在同一个屋檐下啊。而且大概是因为爱情使人各方面都盲目吧,她们似乎忘记了这也是我们的房子。说不定她们是想跟我们分享生活的喜悦,不愿意抛弃我们,也说不定就是想嘲弄我们,我说不准。慢慢的,屋里的场面越来越不堪,他们滚作一团还嫌不够,还要乱摸一气,唇舌交缠,一派古罗马狂欢节的场面,而我和布鲁诺被迫手持蜡烛充当背景,满脑子杀人的冲动。我们竭力恢复平常心,但也架不住一再被人撩拨。罗德里戈没什么可怕的,恰恰相反,我们很钦佩他。这位西班牙低等贵族唯有在宣布他即将跳的舞蹈时才会张开尊口。能以这么简洁的方式维持关系,委实值得人敬重。但夏兹就是另一码事了,这小子的舌头宛如盘踞在洞穴内的毒蛇,每次出洞都要把我们贬损一通。他称我们为"双傻",并越来越习以为常,我们忍无可忍,把他拉进黑名单,和那个在我们楼下唱《午夜恶魔》的醉鬼并列。夏兹,我们的敌人,使我们的日子暗如黑夜的噩梦。

23

我没有妈妈的消息,也不想告诉她我的近况。她想必不会乐意得知我每天睡十六个小时,而我也没什么兴趣听她说我一无是处只会惹人操心。

于是我们达成了一个无言的协定,即最好互不相见,以免母子彻底失和。

我原以为布鲁诺和家人的关系维持得比较好,直到我接了一通意外的电话。电话那头是一个女人的声音:

"先生,您好。我是您室友布鲁诺的妈妈。"

我的血液凝固了。布鲁诺的母亲从我们第一次会面时就讨厌我。当时她问我是不是正在找工作,我以"找那个干啥"回答她。要知道,他们家的人,手都插在面粉里[1],而不是插在口袋里,于是我在她眼里成了寄生虫、领救济金的闲人,甚至是该为她儿子的职业挫败担负责任的罪人。这通电话打了我一个措手不及,我竭力应付了几句客套话,然后忍不住问她怎么会突然想起来联系我。

"我打电话来谈谈我儿子的事。"

---

[1] 手插在面粉里:法国俗语,指亲自干活。

"嗯?"

"我希望您能停止在他脑袋里播撒混乱的种子。"

我回答说我不敢确定是否听懂了她的话。

"我不喜欢您给他造成坏影响!"她喊了起来。

"我真的不知道您想说什么。我对他造不成任何影响,他已经是个大人了啊。"

"哦,是吗?那您能不能给我解释一下,谁在他脑袋里种下了一个奇怪的想法,说什么工作只会浪费时间、剥夺人类的消遣娱乐?"

一时间,惊喜与感动并存。我对她说,我绝不对布鲁诺的个人思想负责,但我非常欣慰,因为终于看到他拥有了理性。他妈妈和我妈妈一样,话不多说,直接挂了电话。

24

几次三番或委婉或不怎么委婉的暗示终于使两个女孩明白了——看她们与男朋友交换口水并不是我们钟爱的节目。她们俩同意换个玩乐的场所,不再让我们俩当甜蜜爱情的旁观者。这么一来,整个公寓都是我们的了,按理说我们是赚大了,可问题是守着这么大的公寓却不知道干什么好。我们玩电子游戏、看电视,但总感觉空虚。因此,电视机罢工的那一天，失去了勉强可以让我们忘记可悲社交生活的娱乐后，我们狠狠心出门了。

我们公寓对面就有一家酒吧，但我们平常都避而不入，那里的啤酒太贵，酒保太残忍——他以无视我们为乐。布鲁诺敞着怀，显摆天鹅绒上衣里面的足球汗衫，这搭配或许自有其深意吧，既然我自己都穿着睡衣，也就没资格指点他的着装了。我们步态骄傲，我们步伐绵软。我们没走进去，在外面的露台坐下看女孩。有合我们心意的女孩出现，我们也不好当众拥抱，只能撞肘庆贺一下。两人互相打赌挑战，但终究都不敢上前与人搭讪。我和布鲁诺有一个共同点——怯懦。于是，我俩就这么看着女孩从面前走过，如同看着时间流逝，充满了无力感。偶尔，我们试着想象自己的梦中女郎，兴致高涨。布鲁诺小心翼翼地避免提及斯特凡妮，而我有口无心地说些女演员的名字，例如克斯汀·邓斯特、薇诺娜·瑞德、斯嘉丽·约翰逊之流。只是那么信口一说，因为我知道我的梦中女郎不像任何人，但我还是陪他玩这个游戏。布鲁诺是实用主义的狂热信徒，照他的愿望，理想的女人胸部应该长在屁股上。

"实用至上嘛。最好地利用空间！把能力发挥到极致！"

我说这是不可能的，布鲁诺摇头说他自己也知道。我们的理由不一样，但结论是一致的：无论是梦中的还是纸上的,理想女人都不存在。至少还没有出现。

25

我还需要再说一遍吗?我喜欢什么都不做。我比任何人都喜欢什么都不做。布鲁诺也尝试过,但后来厌倦了。我曾试着向他展示如何驯服无聊而不被空虚吞噬,但他失败了。起初的惬意期一过,自由便似乎有了重量,压得他透不过气来。一动不动使他眩晕。他打开电视,又关掉,站起来,又坐下,打开门,又关上。他挠挠头,问我:"现在呢,咱们干点啥?"对这类问题我总是不厌其烦地回答:"啥也不干啊!"

恐怕布鲁诺与失业天生合不来,至少我是这么理解的。我为他们互相引见,满以为他们能学会认识彼此,因为我相信"朋友的朋友必然会互相欣赏"这个道理。大错特错。布鲁诺竟然是那种会被无聊吓坏的人。对他来说,与我为伍似乎与穿墙而过一样违背自然法则,他就是做不到。因此,当布鲁诺又来跟我谈论积极的人生时,我丝毫不讶异。

"我看我是想工作了。"有一天他突然对我说。

"你怎么能说出这种话?"我说,"现在这样不好吗?"

"不好。我需要见到人,需要感觉自己有用。我必须找个活儿。你理解吗?"

从广义上说,我能理解很多事情,但这事儿,我真不理解。我认为工作是长大的最好方法,但在这个艰难的时代,长大成人是最不该做的事。

"你不想再多享受一会儿吗?"

"享受啥呀?"

"生活呀,无忧无虑呀,幸福呀!"

"什么幸福?"

"嗯,我们的幸福啊!就是我们拥有的,眼下什么都不干的幸福。"

"你把这个叫作幸福?整天关在屋里是幸福?我管这个叫死亡。"

布鲁诺的话令我陷入深思。我脑海里蹦出帕斯卡[1]说过的一句名言:人想要出门之日,就是幸福停止之时。大差不差,他说的应该就是这个意思。

"无论如何,我们不能说我们这样很不幸。嘿,你看,电视上又要重放《虎口脱险》啦!"

"关我什么事,什么脱不脱险的我都不理他!我受够这种生活了。这不是我想要的。"

---

1 布莱兹·帕斯卡:法国思想家、数学家、物理学家。

"那你想做什么？"

"挣钱。"

"钱？那又能改变什么？"

"能改变一切。"

"嘻，都是虚妄！这只是法国就业办事处广告里灌输给人的套话。不像埃及法老那么富有又碍着你什么了，你能说出来一条吗？"

"法老又不会整天吃面条。你说钱能不能带来改变？！"

"怎么着，难道你不爱吃意大利面？"

"不爱吃！我吃腻了！我已经过了当犯傻大学生的年纪。彼得·潘综合征[1]，你想得自己得去，我没那毛病，我想长大，想成人，成为一个男人。"

布鲁诺的一番话砸到我脸上，不啻一记上勾拳。他和我不一样，这一点我是知道的。但我们俩都惧怕未来，都不知道所谓的"成就人生"是什么意思，都维持着儿时的理想——我想成为艺术家，布鲁诺想从事体育工作。我们都缺乏相应的勇气，更缺乏冲劲，我们是同道中人：都拒绝长大，并且不知道自己真正想要什么。听他这么说，我明白布鲁诺醒悟了，他突然间醒悟了。既然得不到幸福，

---

[1] 彼得·潘综合征：心理学名词，指成年人面对社会的激烈竞争和残酷倾轧时，行事孩子气，渴望变回孩子的心态。

就要纵情生活。他厌倦了晦涩的想象与朦胧的艺术，想要更具体、更实在、叮当作响、五光十色的东西。一言以蔽之，他想要工资。在窗户的另一边，见证了这一幕的巴黎万家屋顶在落日余晖的照耀下光彩夺目。我把手放在布鲁诺的肩上，对他说我很羡慕他。如果可以换来与他易地而处的机会，我愿意付出最高昂的代价。

26

布鲁诺广纳临时工介绍所推荐的工作信息，力图从中挖掘出一个新的神圣使命，与此同时，我在享受好天气。

一天，我正忙着在阳台上一边听摩城唱片的老歌，一边做日光浴，落地窗开了，斯特凡妮从屋里走了出来。难得的私密瞬间从眼前蒸发，我心有不爽，对她嘟囔着问好，但那语调分明是"再见"的语调。斯特凡妮一本正经地对我说很高兴看到我，还说她想找我谈谈，已经有好长一段时间了。

"我们都见不着面了。"

我向她指出，她是知道在哪里能找到我的，但她似乎没听进去。她双眼牢牢地锁住远处被云彩涂抹得模糊不清的地平线，问我是否心有遗憾。我告诉她，没有，尽管我其实

不太明白她在说什么。这时候,她猛然转身对我说:

"咱们俩,本来是有戏的,不是吗?"

我差点一个跟头倒仰过去。我毫无防备,只能回答是的,也许,那个,大概吧。

"那为什么没有任何进展?"

"因为……我不知道。"

"你不喜欢我?"

"呃,喜欢。不是因为那个,但是……我什么都不知道。"

斯特凡妮看着我,满脸哀戚。

"你不能永远躲在你的'不知道'后面。总有一天,你必须长大,必须做点事。你不能再这样了。谁问你要主意,你都闪烁其词。如果你避不入世,就体会不到世间的任何东西。"

她的演讲如同兜头一盆冷水。我什么也不想要,然而却发现自己被结结实实地上了一堂人生课。

"你幸福吗?"

"我怎么知道!你为什么问我这个?"

"因为你看起来不幸福,就现在,就这样,闭着眼。我可以告诉你,你不幸福。你的时间都用于逃避了。某个人走进你的生活、动摇你的小平衡,就会让你做噩梦。你唯恐别人会在你的生命中具备你掌控不了的分量。但你不能继续自我封闭在壁垒森严的城堡里头，你必须走出去，向别人敞开胸怀，长大，学会容忍……"

"不然呢？"

"不然就一无是处。"

她的话在空中盘旋了一会儿，又像狼牙棒一般重新砸了下来。我步履蹒跚，走向阳台栏杆寻求支撑。我用尽全力抓住铁杆。斯特凡妮仍然把臂肘支在栏杆上，以一种困惑的神情眺望天空。她正前方有一团形如巴巴爸爸[1]的云，但我有一种奇怪的感觉，似乎她看到的是另一种东西。一阵感动涌上心头，我想把她揽进怀里，吻她，但却因为眩晕而痉挛，有冲动却无法行动。我想向我的手臂下达命令，但我感到我的勇气到肘部即消散殆尽。唉，算了。斯特凡妮直起身来，发出一声叹息。

"好了，我该走了。"

我没有转头，耳朵里听见她走开了。我在心里数着她走下七层楼的时间，在阳台上看到大楼入口处重新出现她的身影。她径直穿过马路，没有回头。目送她迈着决绝的步伐走向远处的地铁口，我明白自己错过了某种东西。

---

[1] 巴巴爸爸：法国著名漫画角色，是一个粉红色、圆球状的生物。

27

周末复周末,重复单调,仿佛是某个穷极无聊的天才疯子克隆出来的。布鲁诺和我照旧闷在屋子里看各个频道的体育赛事转播,而女孩们也照例跟各自的情人出去玩了。斯特凡妮的那位没有一次不向我们问好:"飞机打得好吗?"我们的回应总是请他"滚一边儿去"。有那么一次,布鲁诺放飞自我,穿着三角内裤看球赛。"安安静静的,没人打扰比什么都好。"他说。然而斯特凡妮上次的演讲言犹在耳,我开始不像他这么想了。

一天晚上,想要活出点精彩的欲望像鞭子一样抽打我,我动员布鲁诺一同出去征服外面的世界,还通知了洛塔尔和吉多,说我们要去夜总会。他们俩听说后高高兴兴地来到我们的公寓,还怀着傻了吧唧的期冀,仿佛一切好事都有可能发生。我们先为晚上的节目碰杯,随后又在 PS 游戏机上玩了几局,以布鲁诺摔手柄扬言要杀死裁判告终,然后洛塔尔指出,时候不早了,该出发了。吉多像拳击手似的跳了几步,说他已经调整到了参加奥运会比赛的状态。

街上的活力为我们内心注入一剂清凉。我们肩并肩向着奥贝坎普区进发,姿态豪迈宛如没有西装、缺乏预算的低配版《落水狗》[1]。该街区臭名昭著，据说聚集了整个首都最不知羞耻的女孩。在第一栋人称"向日葵"的建筑前，布鲁诺提醒我们：

"听着，我看还是算了吧。说真的，你们自己看看，谁会放咱们这样四个穷鬼进去？"

洛塔尔和吉多知道布鲁诺的这种悲观论调转眼就会感染整支队伍，但知道也无济于事，他们的脑袋往下垂，看起来已经受到了影响。在入口处，看门的壮汉向我们提出了那个从太古时代起男人就在探索答案的永恒问题：

"女人呢？"

守门怪兽的谜语刚说出口，还没等有人想出个答案，布鲁诺就扭头往回走，同时甩出他的警句——"我早就说过了"。

第二家酒吧。看门人把自己搞得酷似史蒂文·西格尔，他告知我们今天有一场私人派对。布鲁诺正要转过身去并说自己早料到了，不料史蒂文的口风转得更快，他破例放我们进去。我咬住嘴唇才没有高兴得喊出声来，吉多也朝我眨了一下眼。我们激动得发抖，赶紧找个桌子坐下来，占据一块地方。可是眼前的事实再明显不过了，除非我们

---

[1] 《落水狗》：昆汀·塔伦蒂诺执导的电影，开场不久后有一幕主要角色身穿西装、肩并肩走在大街上的经典慢镜头。

被鬼迷了眼：大厅里空空如也，连一只猫都没有，一只老鼠都没有，一个活物都没有。

我们开始试图把自己灌醉，因为唯有喝得足够多，才有可能把那个穿着皮衣、跟着克劳德·弗朗索瓦歌曲的节拍跳舞却又跳不到点上的老女人看成美女。然而能带来如此效果的酒精量绝对超出了我们的预算。硬撑了几个小时后，我们不得不承认这一夜很失败，带着使命未达成的遗憾离开了那里。洛塔尔用下巴指着布鲁诺，咬牙切齿地对我说，这必须是我最后一次带这只黑猫出来见他了。我只能耸了耸肩。又一次失败了。他对我们丢下一声杀意浓烈的"再会"，然后追着一辆出租车而去，跑得无比决绝。只剩下我和布鲁诺两人时，一层忧郁的面纱蒙住了我。我想到了斯特凡妮和她的摇滚男友。此时此刻，他们想必正在"巴黎，巴黎"[1]的舞台上大口大口地饱飨生活的盛宴吧。我本来有可能和她在一起的，可我却在布鲁诺身边。我做出了选择。也许不是好的选择，但选择了就要承担后果。我对斯特凡妮没什么感觉，但一个女孩对你表露情感不得不令你深思。要是我当时能回应她就好了，事情会简单得多。夜色将我们包裹在一团沉默的光晕中。

---

[1] 巴黎，巴黎：一家法国夜店。

28

周六晚上的一腔热血过去后,我又恢复如常,缩回我的小床,在这里,无聊比夜色更让我感到惬意美好。我偶尔起床走到落地窗边,从阳台上俯视运转中的世界,庆幸自己不在其中。从高处看去,世界真的怪吓人的。我不知道为什么一切都要动得那么快。下面的人仿佛知道他们在做什么、想要什么、要去何方,而所有这些确定性都令我生厌,使我嫉妒。我只在极端紧急的情况下出门。布鲁诺的存在就足够给我拥有社交生活的幻觉,尽管我还是会感觉有点孤独。

斯特凡妮使我睁开眼,看到了自己的生活方式。我躲避风雨,滴水不沾身,但同时也与最重要的东西擦肩而过。躲避真的比暴露好吗?人可以因为什么都没有经历过而含笑九泉吗?我长时间以来都认为保全自己是最好不过的,现在斯特凡妮却证明事实恰好相反。我想象着如果我和她在一起可能会经历的故事,幻想我们可能会拥有的情投意合。我依照一向秉持的原则,认定她太漂亮了,因而和许多其他事物一样,是我配不上的。然而她亲口向我说出那番话后,我突然意识到我错了。我们成为情侣能改写我的人生吗？会把我变成另一个人吗？更合群？更有抱负？更勤快？一切似乎都有可能。我真希望时光倒流，回去牵起她的手，不为别的，只为看看那可能性。但我的理智随即重新占据上风，在我耳边说，现在这样更好，斯特凡妮不适合我，我们不一样，她迟早会伤害我、抛弃我。我得出结论，我其实是险之又险地逃过了一劫，斯特凡妮和我是不会有结果的。

话说回来，也许该停止从结局的角度去思考事情。也许我该下定决心做出改变了。也许后果想得太多，美好的事物就会与我失之交臂。斯特凡妮的话凿开了一个缺口，那是睡眠、音乐和电视剧都填不上的。我不得不痛苦地承认自己情感上的缺失。其实很简单：我缺一个人。

29

不过我曾有过一段短暂的关系。

一天晚上，我盯着天花板看（就是想把它看清楚点），发现一只飞蛾就在床铺的正上方睡觉。我没有打死它，而是选择收养它，给我做伴。我给它起名伊卡，我罩着它，而且毅然决定让它进入我的生活。很快我就意识到我们俩志趣相投。比方说，它不是那种盲目地飞来飞去的蛾，它更喜欢在墙上慢慢爬，而不是冒着生命危险扑向灯火通明的地方翻筋斗。它懂得保存体力，把行动限制在生存所必需的范围内。我大喜过望，因为它在这一点上真是与我一拍即合。我起床上厕所的时候，伊卡会立即马力全开，陪我一起去，俨然在说："去吧，想上多久就上多久。"它有简单的快乐，从不因为无聊而自寻烦恼。它是我的食客、我的替身、我的知己。

为了深入发展我们的关系，我带它进入了经典音乐的大门：披头士、奇想乐队、海滩男孩等等，但最能令它振翅舞蹈的还是法国的流行歌曲。只要给它播放波鲁那雷夫或克里斯托弗的音乐，它就会翩翩起舞，恍如身在迪厅。它喜欢《甜蜜的生活》，也是电视剧迷，我看的剧它都喜欢。和我一样，它看《宋飞正传》会笑得打滚。它很有幽默感。我们是天生一对，相处得无比融洽。

然而我们在饮食上总是矛盾不断。我从快客快餐店给它带回来的食物残渣它几乎一口都不吃。它太重视保持身材了。晚上，布鲁诺入睡后，我低声和它说话，向它倾诉我在日常生活中的苦恼。我坦率地告诉它，它很漂亮，潇洒有风度，但是应该更脚踏实地一点。它一副谦虚受教的样子，但我看到它的翅膀红了。我也会向它提出存在主义的问题：它认可我依赖最低生活保障金的行为吗？

它知道"成功"意味着什么吗?它经历过爱情吗?它的缄默让我不禁怀疑它什么都不懂,但我只会因此更爱它——它懂得倾听却不越界,止于倾听。真是个好伴侣。

一天早上,我发现伊卡不在了。床的上方空空如也。不知道它去哪里了,地址都没有留下。伊卡再一次向我证明了不能指望任何人,连一只该死的蛾子都指望不上。

30

一日又一日,一周又一周,一月又一月,我居然和最低生活保障金咨询师处成了密友。我对他推心置腹,犹如面对一位至亲。我用邮件向他汇报我的活动,给他发我看过的电影、看过的书单。他的回复里满是对我的担忧:"可是您还有时间睡觉吗?"我任由他疑惑,不回答这个问题,他其实很清楚答案。我定期去看他,向他确认我一直没有找到工作且离工作远着呢,他则拍着我的后背叫我"我可怜的朋友",然后说下次见。

有一天,当客套话和关于天气的讨论都不足以填补我们对话的空白时,他心血来潮地推荐我去人力资源专门办事处做一次技能评估。我知道自己一无是处,但出于礼貌,我还是去了。再说了,我也有点好奇他们能在我身上发现什么技能。我爸在彻底认命之前也曾在我身上找了好久，最后得出的结论是我没有那种东西。万一他看走眼了呢？

我被人以"欢迎您，先生"接待，顿时感觉自己是个重要人物。他们光是对于我喜欢什么这一点就有一大堆问题：我最喜欢的颜色、最喜欢的季节、最喜欢的酸奶……仿佛通过这些问题就能弄清我这一生适合做什么事情似的。我一个问题都答不上来，也答不好。事实上，我自己也不知道。我没什么个性，个人喜好也没有多到哪里去。

那人先给我讲解了一番"不一定，分日子"不是思考事物的正确方式，然后把我转交给一位行为分析方面的专家。她问我为什么——照我自己的看法——会处于失业状态。我决定选择性地撒谎，回答说我之所以失业，是因为这个世界不咋样，而工作也不足以使人忘记这个糟糕的现实。她抬眼望天，问我为什么现在的年轻人都一副失败主义的口吻。我说我也不知道为什么。事情是明摆着的，如此而已。她看了看我的简历，问我这是不是个玩笑：

"您管这个叫简历？我认为这是张擦鞋垫。"

我只好向她道歉。她诚邀我把"兴趣"一栏里的无聊废话删掉，理由是大白天睡觉和手淫不是值得在简历上夸耀的娱乐方式，然后把我撵了出来。接下来的一周里，我每天都得见她一次，每次我都要弯腰致歉。

我被问到个人要求：

"您期待的工作是什么样的？"

"不累就行。再有点创造性吧。"

他们让我做了一些测试、一些测试，又一些测试，全部折腾完后向我宣布，最适合我的职业是假牙制作师或者私家侦探。这回轮到我问这是不是在开玩笑了。那人发誓说不是，能与我的技能挂上钩的创造性工作只有这两种。不过，人家还暗示我，做这两种职业也完全可以做到行业领先地位。我指出一个问题，即跟踪别人和给人做假牙模子没什么创造性可言，但换来的只是一声哀叹，说我信心不足。在他们的眼里，我就值这些，多一分都免谈。而且这是正式的测试结果，我可以抱怨，可以抗议，但这都不是他们的问题了。慎重起见，我选择一句话都不再多说。

在此期间，我饶有兴致地观察着斯特凡妮一路攀升。夏兹，她那位以掀起音乐界革命为使命的男友有一些人脉，她充分利用这些关系，当上了电视节目制作人，还取得了我不曾取得的成功。她的联系簿也随着人脉变多变广而不断增厚。她有一种我从未拥有过的能耐：她喜欢人。我眼见着她在我折戟沉沙的地方振翅高飞。我白白错过了可能会拥有的一切，这使我想起来就闹心。我把鼻子贴在窗户玻璃上，想从云中找点什么来分分神，却怎么也无法释怀，越想越烦。

瓦莱丽也混得不错。她的商业课没白上，慢慢培养起了她素来缺乏的自信心。她的脖子更硬挺了，腰背更直了，眼睛里闪耀着一种全新的光芒。自怨自艾的情绪已经远去，再也不会出现在她身上了。她成了一位商务女性。她还和罗德里戈相伴跳舞，但大家心里都清楚，用不了多久，她就会换一个更有钱的舞伴。

我的室友们各有各的步调，但都在前行。由于我们是从同一个地点出发的，我们渐行渐远的轨迹可以画出一个海星的形状。我们日渐稀少的联系和对合租生活的厌倦使我们都生出了异心，可惜房地产的现状使我们有心无力。再忍受一段时间吧。

31

在体育赛事期间去打扰布鲁诺就好比拖起冬眠中的熊，是万万行不得的疯狂之举。天意弄人，德国世界杯被放上了2006年6月的日程表。布鲁诺告知我这件事的时候，双眼噙着泪花，发誓说这将是我们人生中最美好的一个夏天，而我感觉我们正在冲向一堆麻烦。我再了解他不过了，当他沉浸在足球世界中时，外界一丁点的干扰都会惹得他大发雷霆。但愿比赛能在夏兹不出现的时候顺利进行吧。

法国队险之又险地躲过了被淘汰的命运,继而强势反弹,出乎全世界的预料杀进了总决赛,这只能用奇迹来形容。紧张感与日俱增,到了7月9日这天,布鲁诺把我从床上拉起来,瞪着布满血丝的双眼,庄严地宣布,我们要赶赴与历史的约会。

"我们能做到,我告诉你。我们能做到!"

他坐立难安地熬过了一个白天,没着没落的,仿佛丢了什么重要的东西——颤抖、脸色惨白、精神烦躁、瘾君子犯毒瘾时的症状全都有。在此之前,姑娘们意识到了空气中的紧张感,一直都避免回到这个为足球疯狂的地方。但瓦莱丽犯了一个低级错误,居然在这天晚上回到了我们家,当然,这里恰巧也是她的家。这晚就像欧冠赛那晚一样,那次我也是被勒令一直在外面待到比赛结束。这次布鲁诺用防盗链把门锁上了。门开了一条缝,瓦莱丽把鼻子探进来,想搞清楚里面是怎么回事,布鲁诺咆哮起来:

"这里没你什么事儿!今天可是足球日。"

他一再说在这样一个历史性的日子里,他不能受到任何干扰,但瓦莱丽并没有因此而泄气。为了让他冷静下来,她郑重地说想跟我们一起看比赛。布鲁诺的眉头皱了起来,他从上往下挠胡子,仿佛里面长了虱子,这是他激烈思考时的标志动作。最后，他嘟囔着同意了，用手势威胁瓦莱丽：

"我盯着你呢，哼！"

瓦莱丽在我们旁边坐下，兴奋得咯咯直笑。她很高兴能跟我们重聚，迫不及待地要看她的首场足球赛。她问法国队打谁，我告诉她对手是意大利队，她顿时面露红光。

"啊，太棒了！"

布鲁诺用奇怪的眼神看着她问：

"怎么就棒了？"

"嗯，你们知道的……"

布鲁诺带着怀疑的表情回答说："不，问题就在这里，我们不知道。"瓦莱丽笑了：

"得了吧，你们明明知道我是意大利人。"

"真的？"

我低下了头，再次意识到我对这个女孩当真一无所知。布鲁诺则朝地上啐了一口，以此来接受这个消息。他牙齿间嘶嘶作响，瞪大眼睛，又一次警告她最好小心点。

终于，比赛开始了。布鲁诺紧闭嘴巴，用身体语言说话——全身抖得就像风中的树叶。坐垫都被他的心跳带着颤动，那频率令人联想到简约电子舞曲。我甚至怕他会突发心肌梗死，但解药来了——齐达内进了一个球。布鲁诺仿佛从盒子中逃脱的恶魔,他跳上桌子,把一个靠垫扔到墙上,然后转过身来面对我们,脸红如辣椒,跟我们说上帝是存在的,而上帝本人此时就在绿茵场上:

"齐达达达达达内!齐达达达达达内!"他狂吼不已。

他冲着瓦莱丽挥舞拳头,问她还狂不狂了。瓦莱丽被吓住了,摇头否认。

我们一步步走向法兰西的胜利和布鲁诺人生中最美好的时刻,直到意大利追平比分。震惊。布鲁诺重新坐下,一言不发,一动不动。这一球冻结了整间屋子,中场休息时冰都没融化。我和瓦莱丽震慑于布鲁诺厉声警告时的淫威,都不敢动,更不敢开口。许久,布鲁诺从麻木中醒来,拿着撕开的比萨盒当小黑板,召集我们开了个紧急会议。

"我认为我们必须多打边路进攻。"

为了不触怒他,我小心翼翼地说我们会量力而行的,而瓦莱丽问他:

"在走边路之前,我可以先去趟厕所吗?"

"你真的认为现在是那个的时候吗?"

下半场一开始,重如铁砧的沉默重新砸下,扰动这病态气氛的只有布鲁诺在头顶上不断甩动的运动衫。他怎么看怎么像一台人力吊扇,但我不敢开玩笑,风险太大。常

规比赛时间结束了,平局,又开始了加时赛。布鲁诺一次接一次地画着十字,嘴里念念有词,仿佛在唱诵诗篇:

"我们输不了,输不了!"

聆听他祷词的那个神就在绿茵场上,是个秃头,穿10号球衣,身材伟岸,但其实仍是肉体凡胎。马特拉齐在齐达内耳边悄悄地辱骂了他,齐达内涨红了脸,赛场上出现了戏剧化的一幕[1],形势突然大变。诸神头朝下落地了。布鲁诺咒天骂地,一把抓起比萨——比萨烤得太过火,在桌上拉着丝——扣在自己脑门上。他愤怒地挥动铁拳捶打日式坐垫,而我和瓦莱丽还坐在上面。我一言不发,尽量维持最高的尊严,默默承受那晃动。按里氏震级表,这次地震已超过最大震级。齐达内弓着背离开赛场时,布鲁诺把脸埋进手里,跪在地上祈求:

"告诉我这不可能!告诉我我在做梦!你为什么要这么做?为——什——么——?"

这还不够,现实有它要遵循的路径,还有它要选定的胜者。神已经离开了绿茵场,算他倒霉。终场哨声响起,随后是点球大战。布鲁诺在地上没起来,他跪着,闭着眼睛看。达维德·特雷泽盖失球,而法比奥·格罗索命中。

---

[1] 马特拉齐辱骂齐达内后,被后者以头撞击,然后齐达内被裁判用红牌罚下了场。

毫无疑问,法国输了。意大利人开始庆祝胜利,布鲁诺站了起来,身形笔直如钢管,面色惨白如床单。他用愤怒的铁拳关上了电视,屋里顿时沉默下来,他在沉默之中走向走廊,随后那边传来厕所的关门声。瓦莱丽和我都不敢动。他床上方的《美国精神病人》海报似乎在警告我们:注意安全,有狂怒的疯子出没。许久,我们听到了冲水声,布鲁诺重新出现了,他褪去了为球赛助威的全副装备——上半身赤裸,只穿着短裤,装备都躺在被堵塞的马桶里。布鲁诺转身面对瓦莱丽,问她高兴不高兴。瓦莱丽面露迟疑之色。这问题是个陷阱,还是不回答为妙,但她不幸拥有真诚的品质:

"我为法国难过,但也为意大利感到开心。"

布鲁诺没听完整句话就走向厨房。他在冰箱前站了一会儿,然后猛地拉开门。就算口渴有时会使人做出奇怪的举动,可他怎么看也不像是要给自己调一杯"急冻人"鸡尾酒。他开始清理冷冻层,把所有的速冻比萨和宽面条都扒拉到地上,那些都是我这几个月来囤积的食品。他抓起几个包装盒,在我们鼻尖前晃动,嘴里吼道:

"看到了吗?看到我怎么对待你们意大利佬的恶心食品了吗?"

瓦莱丽跑进自己的房间里避难去了。我想靠近布鲁诺,但被他用一盒速冻肉丸子逼退了。任何食物,但凡涉嫌使人想起那个敢于在决赛中打败他队伍的国家,都被他清出了冷冻层的抽屉。他向我发毒誓:他以后再也不想听见任何人提到意大利。

"不准再吃比萨了!你听见了吗?不——准——"

假如这能让他平静下来的话,就由他去吧,我想。我谨守着一定的安全距离,看他一脚又一脚地践踏我的食物,就像人们欣赏一只拿老鼠泄愤的猫。

冷静下来后的布鲁诺立马向我道歉,说什么他控制不住自己,神经太紧绷了,他和斯特凡妮之间的形势给了他太大的压力。

"我没法继续这种生活了。"他说,"再这么待下去,我会疯掉的。"

此前,他也郑重其事地说过要搬出去,但这次的语气分外决绝。看来他不会改变主意了。结束了。法国刚刚丢掉了世界杯冠军,我们也将失去合租关系。窗外,汽车喇叭声四起,有人在庆祝意大利队的胜利。

次日,布鲁诺宣布他将离开。几天后,轮到了瓦莱丽,她要搬出去和罗德里戈同居。

32

在巴黎这样一座大城市里找一所公寓不啻寻找乌托邦，相比之下，找到真爱的可能性倒还大一些。你需要好运气和钱，而瓦莱丽碰巧两者兼备，她的父母有钱，她的商学院学生身份能引起房东的好感。可以说，她和罗德里戈另择新居毫无风险。舞者这个职业或许不是最好的敲门砖，吸引不了房产经纪人，但他们两人加在一起却会给人一种稳定、前途无限的情侣形象，担保人收入证明上的那一串零则足以打消其他的一切疑虑。在短短两个星期内，他们就得到了租约、钥匙和充分的信任。

布鲁诺的父母一向把我们的公寓看作一群心智不健全者的盘踞地，因此他们在得知他想搬出去后喜出望外，不用他操心，就给他找了一个单间套房，位于市中心，离我们的公寓几步远。他的母亲本来就不看好所谓合租的模式，所以格外欣喜，更何况他的儿子即将远离我的恶劣影响。无论如何，布鲁诺迈出这一步于情于理都是说得通的，他需要一个新的出发点，而这是我们一起浪费了这么多时间的客厅所不能给予的。

现在只剩下斯特凡妮和我了，仅靠我们俩是无力续租这套公寓的，但斯特凡妮自有她的打算。她跑去见房东，而且（我没法解释，只能说是奇迹）说服房东减免了三分之一的房租。那一刻，斯特凡妮在我眼里宛如一个被魔鬼附身的人，我无数次思考她用何种方法达成了目的。她威胁了那位靠年金生活的老太太吗？把她的狗劫持为狗质？露出自己的双乳给她看了？

后来我得知真相远没有我想象的那般劲爆，我脑补的那些离奇剧情连边儿都没沾上。斯特凡妮只是用甜言蜜语哄骗老太太，用温柔甜蜜的目光注视她，又使了点小伎俩，让她以为斯特凡妮见到她就想起了自己的奶奶——去年夏天，老人家不幸在水上摩托车运动事故中丧生。斯特凡妮编造这个故事时展现出的自然从容令我稍稍感到不适，不只是因为她奶奶还活得好好的，更因为老人家明明讨厌大海。反正这个谎言为我们赢得了缓刑，找公寓以及（必将随之而来的）找工作都被推迟了，我只有高兴的份儿。我向来致力于把最终期限往后推，这几乎成了我最拿手的运动。我总是采取决定，然后把它团成球，抛着玩，一直等到最后一刻才发起冲刺，一把丢出去，让它越过茫茫黑夜，落在明天。玩这个小游戏，没人是我的对手，但当我看到斯特凡妮的男友胳膊底下夹着全副家当突然造访时，我知道自己被击败了。

"这是啥呀，这？"我用手指着他，问斯特凡妮。

"嗯,这是夏兹呀!你认识他吧!"斯特凡妮微笑着说。

"可是……他要和我们一起住吗?"

"嗯,是呀!我没跟你说过吗?"

"没。"

斯特凡妮脸红了。她请求我原谅她,一遍遍地说她还以为通知过我了,并以无懈可击的理由为她男友的举动辩护:"他又不是不付房租。"我有一种很不舒服的感觉,似乎斯特凡妮在玩我,而我感觉自己滑稽可笑。在我们身后,夏兹正忙着跑马圈地,把他的行李、吉他和傲慢随意摆放。他咒骂着向我大发感慨,说这里帅呆了,音响效果真好,我们可以把客厅当作工作室,甚至可以在这里拍部电影。筹划完毕,他问我是否介意烟味。我正准备回答,他已经点燃一支香烟,把一口烟圈吐到我脸上。我就这么被拖进一个三口之家,前景晦暗。

33

我无人可以倾诉烦恼,只能在孤独自闭中沉沦。瓦莱丽的房间由我继承了,清除掉石化的口香糖和难以名状的污垢后,这房间就成了我的窝。终于拥有了自己的私密空间，我很高兴，但在四堵墙之间睡觉的惬意迅速让位给幽闭恐惧症。我成了遁世幽居的人，不再说话，不再出门，从不。我会出去上厕所，仅此而已。至于食物，我只吃黄油小饼干。这毫无疑问是人类发明的所有糕点中最可悲的一种，但同时也是最便宜的。偶逢重要的日子，我就疯狂放纵一把：吃姜饼。

斯特凡妮非但丝毫不被我僧侣式的退隐生活影响，反倒趁机肆意玩乐。她根本不考虑我会不会难受，把她的男友、朋友、家人和在派对上碰到的阿猫阿狗都带回家来。公寓已然被外来入侵者占据。失去了布鲁诺和他塑料平底人字拖的震慑，客厅的大门完全形同虚设。无一夜无聚会，无一日无笙歌。

斯特凡妮用公寓交际，我却用它独居。我把自己锁在屋里，听着客厅传来的笑声和尖叫声，想起我在那里层层叠叠累积的回忆，有好的，也有悲伤的，但无一幸免，都被斯特凡妮和她朋友们在酒醉和欢乐的篝火中践踏亵渎了。凌晨，酒水告罄时，也就是他们要睡觉的时候，我能听到做爱的声音。夏兹声嘶力竭地唱着《像一架性爱机器》宣告他们的高潮，而我，我低声哼唱《我该留下还是离开》。

34

我倒是想离开,但我不能。我没钱,没勇气。我瞅准机会到布鲁诺那里躲一躲。他已与我熟悉的那个闷闷不乐、听天由命的年轻人相去甚远了,仿佛完全换了一个人。

布鲁诺的单身小套房重新赋予了他好气色和沉稳的气质。摆脱了在斯特凡妮身边经历的挫折后,他活得从容安详。破碎的心摆脱了曾经忍受的种种痛苦,他开始以乐观的心态看待万事万物,我羡慕不已。爱捉弄人的命运给我们俩调换了角色:布鲁诺心满意足,而我则成了郁郁寡欢的那一个。我也曾数次披上抑郁的外衣,但这次不比从前,它仿佛缩水了,紧贴皮肤黏在身上,扒不下来了。一个迹象让我意识到我们的角色互换了,那就是现在换成布鲁诺慷慨地给我提出人生建议了:

"你得做点事儿。你得动身出来,得找个女孩、工作、爱好,随便什么都行。反正不能再这样关起门来啥也不干了。独自一人,你会撑不住的。"

回到家时,我屏住了呼吸,在大门口听了一会儿,确定里面没有人,才蹑手蹑脚地从酒瓶尸体阵中穿过,溜进自己的房间。我已经分不清自己是害怕人还是讨厌人,或许两者都有。我落入了陷阱。我在镜子里看到自己,吓了一跳。我表情惊愕，发量减少，脸颊下陷。我几乎认不出自己。我看起来就像个疯子。

35

布鲁诺说得对，我应该做点事情，但我的终极目标始终不变：我不想工作。如何使我一没有工资二没有日程安排的生活拥有意义呢？我不知道。我大概可以做做运动，从瘫软中崛起，重塑我的身体，变身为太空超人，但我没那个气力。再说了，在镜子前看自己肱二头肌滚动的画面对我来说是难以想象的：我没眼看那样的自己。可以使我忙碌起来的活动还有许多，只是没一个能够真正吸引我。我大可以重拾学业、卖身、参加电子游戏竞技比赛、学习倒立走路、蓄大胡子、留长头发、背电话号码，但想想又觉得都没必要。和其他事情一样，我都没兴趣。

于是写一本书的念头诞生了。我没什么可写的，但至少我喜欢写作。在接下来的几天里，我竭力劝自己相信我已经找到了存在的意义。我幻想自己坐在电视台演播厅的沙发上，谈自己，谈我的人生、我的作品，准备好了迎接惊呼天才的评论。我俨然看到同侪向我致敬，各种机构给我以尊荣，所有人都褒扬我的文风。我梦想着创作一部拥有玛德琳蛋糕[1]味道和销量的巨著。但是，在做梦期间，我什么事都没有做。和往常一样，我更喜欢琢磨结果，而不愿意投身于行动。我懒到手心长毛，这样的双手没法做事。我在床上度过大量的时间，电脑放在膝盖上，眼神迷蒙，背靠互联网。我中了科技的诅咒，试图专注的一切努力都被网络轻易摧毁。可以一键点击下载的电视剧充斥了我的头脑。我有太多无所事事的理由了！我在《监狱风云》中习惯了狱中生活，通过《黑道家族》领略了家庭生活的滋味，在《朽木》中误以为自己是西部牛仔，化身为杰克·鲍尔拯救世界。这些故事都在阻碍我写出自己的故事，但也给了我间接体验人生的错觉。

我可以一连数日这样生活，但我终于还是触到了消极生活的极限，连我哺乳动物的地位都岌岌可危。我起不来了。我的形体嵌进了床垫。我成了无脊椎动物。什么也不做，什么也不想。一切都由互联网代替了。

36

斯特凡妮是耐心和体谅的典范，但她到底还是受够了

---

[1] 玛德琳蛋糕：《追忆似水年华》中主人公心心念念的童年美食。

我的生活态度。三个月若有实无的合租生活过去了,我简直成了幻想中的室友。她的朋友知道有我这么个人存在,却从没见过我,他们称我为"鬼马小精灵"。

我已经几个星期没和斯特凡妮打照面了,并对此无动于衷。我不想再看到夏兹。我不想看到任何人。我筑起了一座堡垒,里面储备的士力架和瓶装水使我可以长期坚守下去。我把尿撒进一个瓶子里,然后从窗口倒出去。我控制我的饥饿感,管理我的膀胱,形势尽在我的掌控之中。

只是,总有一些基本需求迫使我不得不去卫生间。某一日,不可抑制的便意袭来,我决定出门。我心知这样毫无准备地迈出去,与外面那不仁的天地对峙,有可能遭遇什么样的凶险,于是画了个十字,祈祷不会碰上任何人。我用脚尖轻轻推开门,小心得如同入室盗窃犯,然而斯特凡妮仿佛一直在窥视我,突然出现在走廊,拦住我的去路。

"真是难以置信,我还以为你死了呢。"

夏兹在她身后,手里拿着架子鼓的鼓槌,嘴角挂着房东才有的微笑。他投来嘲弄的一眼,转向客厅里的其他人,还用手指捏住鼻子做了一个嫌恶的鬼脸。我实在无暇就我的复活圣迹发表长篇大论,只能摇晃着身体两脚轮番跺地,以此向斯特凡妮表明我有紧急任务在身。没用。

"我们得谈谈了。"她说。

我一声长叹,摇头拒绝,但她恍若不明其意。

"我知道现在肯定不是跟你说这事的最佳时机,我知道你还在待业,也知道你很不容易,这一切,我都知道。但是,好吧……总之,我希望……也就是说,夏兹和我考虑过了,那个……我们认为,也许最好是……我是说,好吧……现在已经三个月了,而且……听着,这样继续下去没有任何好处,我们希望你搬出去。就这样。"

37

我遭受了暴击。收到斯特凡妮直言不讳的驱逐令后,我照例去布鲁诺那里求援。在精神即将崩溃时,我总是可以信赖他。他笑着欢迎我,请我进门,仿佛比我们一起度过的漫长时间里的任何一次见面都更开心。我在玄关墙上海报里足球运动员的注视下跟随他走进去,顺便称赞他的室内装潢。现在没有人对他的审美指手画脚了,他称心如意地大肆张贴《队报》的头版,简直像重新贴了一层墙纸。赛马和一级方程式锦标赛的照片密密麻麻的,几个女孩夹在其间,袒露双乳以图一个露脸的机会。我还没找到那张曾陪伴布鲁诺漫长时间的《美国精神病人》海报,他就邀我在沙发上随便坐。我挤进成堆的《法国足球》杂志和各式各样的球里，勉强把自己塞进沙发。他问我想喝什么，我回答说啤酒。

"啊，那可没有。我只有含糖饮料。"

"那你还问什么问？"

"我只是想礼貌问一下嘛。"

布鲁诺认真地给我兑了一杯薄荷水，看架势仿佛那是一杯易爆的鸡尾酒。他一边递给我饮料，一边问我过来的原因，我就把我的遭遇告诉了他，说我被斯特凡妮下了驱逐令，像头熊一样被她从窝里赶出来了。布鲁诺听后毫无顾忌地发出耻笑。他同仇敌忾的态度令我心头一热，我心想，能得到一个忠实伙伴的支持，有时候真是人生一大幸事。我那时的感觉就像堂吉诃德听到忠诚的桑丘·潘沙拥护他辉煌的骑士精神幻象一样。我在心里对自己说，所谓朋友，不过如此：他站在你这边，为你辩护；他平息谣言，为你恢复名誉。我被感动了。我正要向他的率真致谢，布鲁诺打断了我：

"不是，你得想清楚了，熊可很壮啊。它要体格有体格，要威严有威严，可不能随便开玩笑。再说了，熊可不会撅着屁股啥也不干。它去打鱼、跳火圈、嗷嗷地吼叫，会发脾气，还能拍电影。好吧，我没有看不起你的意思，但你真不能拿熊自比……"

38

布鲁诺主动提出要收留我。几个月前,他的膝盖受了伤,正好要回父母家做个手术,来回折腾需要两个月,在此期间我可以住在他这里。这是飞来横福,恰在我急需从"城堡"中出来时,布鲁诺给我开了一扇门。因为他也曾跟我处在同样的状况里,还差点得了抑郁症,所以他比任何人都清楚,我越早出来越好。

"两个月,不长,但好歹有段时间让你调整调整,至少不用再受那个摇滚傻瓜的声波攻击了。"

布鲁诺把一切都留给了我,他的床、浴室、冰箱、整套的《法国足球》杂志、篮板……唯一的条件是帮他一个忙,就一个小忙:

"你需要做的就是给我转寄信件。"

这个任务我好像担当得起,于是我们紧紧地握手达成协议。就在我准备回去收拾家当的时候,布鲁诺直视我的眼睛,又补充道:

"不过我得警告你:你可别在我的床上打飞机!"

我无法轻易给他这样的承诺,但我保证会尽力的。

39

搬进布鲁诺家之前的两个星期,我还是像往常那样缩在窝里。斯特凡妮从门底塞进来一些小字条,问我是不是生气了,我视若无睹,用沉默作为回答。夏兹在门外直接吼了出来:

"管他呢,让他去死!"

离开的前夜,我收拾好行李,犹有余暇四下打量一番,发现除了电脑和几本书外,我也没什么东西。身外之物的匮乏更加坚定了我的一个想法,即我正在非物质化,一天天消失,我必须把生命掌握在自己手中。第二天早晨,我等夏兹和斯特凡妮出门工作了才从房间里走出来,最后一次从那里走出来。我想过不告而别,但出于礼貌,必须给他们留下几句告别的话。我从他们浴室置物架上的几支口红中随便拿起一支,在镜子上用大写字母写了几句:

斯特凡妮,这段时间很愉快。希尔代里克,我不会买你的唱片。没伤和气。永别了。

我从公寓楼里走出来,感觉就像出狱。我卸下了重负,泄出了痛苦，看到了隧道的尽头。布鲁诺对我说，幸福如果存在的话，肯定不在床头，而是在外面。他成功说服了我修正自己与外界的关系。"隐姓埋名，幸福安定[1]。"我现在懂了，这句话是个圈套。是时候走出房间直面世界了。是时候存在于世间了。

---

1 这句话出自法国作家弗洛里昂的寓言诗《蟋蟀》。诗中蟋蟀羡慕飞舞的蝴蝶，抱怨大自然不公，却看到孩子们捉住蝴蝶并把它撕碎，于是感慨在世上出风头的代价太大了，还是缩起头来生活最幸福安康。

第三部分
Troisième partie

1

万事总得有个开头,我开始找房。我必须在两个月内找到圣杯[1],没有时间可以浪费。瓦莱丽和布鲁诺都不费吹灰之力找到了房子,那是他们有父母出资。我的父母一点也指望不上。我上一次打电话求妈妈帮忙时她大喊抓贼。至于爸爸,我连想都不敢想。想找个地儿,全靠自己。只是我无业,没经验,没担保,开局形势很是堪忧。

我没来由地相信远程操作胜算更大,就把全部希望都寄托在网上招租广告上。我一个不落地访问了大大小小的租房网站,结果白忙活了一场。我设置了一大堆有的没的消息提示,收到的消息却屈指可数。

眼看远程操作这条路无望,我下定决心献出我的声音。我摊开房产信息的小报,从口袋里取出我的手机,拂去上面累积的灰尘,把自己调整到适当的状态。

---

1 圣杯:亚瑟王传说中的圣物,是骑士们终其一生追求的目标。

手机似乎有种魔力,能使我说话结巴,产生听觉障碍。我像安托万·杜瓦内尔在特吕弗的某部电影里所做的那样,对着镜子彩排:

"先生,您好,女士,您好,您好,先生,您好,女士……"

终于,台词练熟了,我孤注一掷。哎呀,不料我无业的工作状态不合房东们的品位。别人曾教导我(在他们不嘲笑我的时候)以我这种条件找房子纯粹是白费力气。"正经点。"他们说。我正经得很,我对天发誓我是个可靠的人,没有前科,没有债务,吃饭不掉渣,可人家不信呀。电话一通又一通地打出去,收到的不是拜拜就是侮辱,还有人问:"你在开玩笑吗?"我明白了,必须要耍点花招。

洛塔尔给我造了一摞假工资单。他是个灵魂造假师,一直擅长制作各类假文件,小时候就懂得把玻璃弹珠涂抹描画一番再高价卖出去,少年时就会倒卖假身份证件,上大学时自己修改考分以获得更好的评级,成年后还曾在雇员的合同上搞鬼,以便解雇他们时不用支付赔偿金。有种种"丰功伟绩"在前,给我弄几张假工资单对他来说简直不费吹灰之力。只用了几天工夫,洛塔尔就借助神奇的 Photoshop 软件,抹消了我的无业身份,把我变成了一个白领。

铁证凿凿的劳动者身份让我可以进行下一步行动:看

房。此举只算是海选,即使看过房子也不代表有希望,因为竞争异常激烈,任何一个小单间公寓的招租广告所引发的群体行动都堪比一场游行。简直疯了。

光有工资单还不够,加上唱诗班儿童式的笑脸也不够。要想勾住房东,必须长得好看、有钱,说不定还真得会唱歌。这是一场争房大赛,唯有胜者才能获得付房租的机会,任何手段都不为过,只求能从同辈中脱颖而出。有的人表演踢踏舞,有的人使出狐媚招数,我甚至见过好几个人从袖子里掏出小猫崽。

2

我压根没时间无聊,这可是很长时间以来都没有过的经历。躲藏的必要性失去后,我重新发现了"自由"一词的意义。我赤裸着身体踱步,咂摸这独立的滋味,卢·里德在一旁注视着我,为我唱着《我是如此自由》。笑容重新浮上我的嘴角。看房并不是一种生活乐趣,但它至少能叫我有起床的欲望。每次看房都依着千篇一律的流程进行。看到人行道上乌泱泱的人群,我就知道找对地方了。我抓紧时间深呼吸几次,然后湮没其中,直到房东姗姗来迟,叫我们排好队前行。我们跟在他屁股后面走,同时用眼角余光互相打量，试图通过衣冠猜出谁获得了最高的第一印象分。不是我，不出意外。偶尔有人主动跟我攀谈，对方的脑子里只有一个念头："你呢，你挣多少钱？"这时我就会低下头，红着脸转换话题："今天天气不错，是吧？"进入公寓后才是最叫人别扭的。我天生不是个好演员，完全猜不透房东期望我们看到又脏又乱的破房子以后有什么表现。有些人做出乐呵呵的样子，有些人选择难以置信，我则盯着天花板出神。我还养成了抚摸墙壁的习惯，这是从电视里看来的。我摸啊摸，直到有个穿着西服的人过来请求我"把脏爪子拿开"。我告诉他我的手干净着呢，但我在墙面上留下的痕迹却是个反面的证明。总之，这种拜访不会有任何结果，但我仍然以恰当的心态面对：就是来图个乐罢了。每当我看到一套我无法企及的公寓，都会跑去见房东并胡乱提问：

"如果我让您往我嘴里撒尿的话，您能给我打个折吗？"

"这里的邻居们对开派对有什么看法？"

"浴缸能放下家养鳄鱼吗？"

没什么用处，但对我身心有益。这是我的小报复。我嘲弄他们，他们向我宣布对我的资料不感兴趣时不也是在嘲弄我吗？既然终究会被人拒绝，我只求拒绝的理由更像样一点。

3

自从我搬出来后,已经过去了一个半月。斯特凡妮没有任何消息,我猜她大概是把我忘了。这么快就忘了啊,我就这么无足轻重吗?像一个路人甲?现在证据确凿了。初来布鲁诺这里时的乐观渐渐消失在自我怀疑的阴影中。我是那种精神头随着气温变化的人,而现在气温降得很低。我本可以打开烤箱、暖气,但布鲁诺给我钥匙时给出的最后叮嘱是:

"房租就免了,但是取暖要当心,否则你将付出很高昂的代价。"

我不知道这是撂狠话威胁我,还是纯属生活开支方面的经验之谈,反正从那天起,我一直生活在疑惑和寒冷之中。一次次的看房,继之是一次次的被拒,我的毅力也消磨殆尽了。我从窗口看着外面的街道,结了薄冰的人行道在向我招手。"那里终将是我的归宿。"我不禁自怜起来。我靠音乐免于彻底迷失,重温了一直陪伴我的经典歌曲。一段段熟悉的旋律如同一根根树枝,让我有所挂靠。我重听大卫·鲍伊、鲍勃·迪伦,当然更少不了披头士。幻景逐渐消失在黑夜里,脚下的地面仿佛也随之塌陷。我站在虚空之上,尚未感到眩晕,但那只是时间问题。布鲁诺即将回来，到时候我必须离开。我知道布鲁诺是个好朋友，但也知道他还不至于重犯过去的错误。再分享一间客厅是不可能了，必须另找出路。什么？！我已经准备放弃抵抗，静待天塌下来了，天上却突然掉下来一个馅饼：我居然租到了一个一居室。

我前一天递交了一份申请资料，那间公寓的窗户正对着一处垃圾投放点，吓跑了大多数的竞争者。他们有的说患有什么幽闭恐惧症，有的说自己嗅觉太灵敏。到最后只剩下两个人，我和一个大学生。我们两个幸运儿用眼角互相监视，生怕对方偷偷往房产中介手里塞钱。看房结束后，我们一起乘坐地铁，那个大学生显得颇为自信，以至于大言不惭地建议我再到别处找找：

"哥们儿，跟你说了吧，我爹妈很靠谱，你是绝对没戏的！"

他那小哈巴狗似的狂妄自大令我作呕，我说"好吧"，没跟他握手就走开了。我心里确定了一件事：在找房子这项运动中，任何动作都是被允许的。我别无援手，必须考虑用点力气了。得下狠手了。既然没有中介的同意就什么也得不到，我必须走行贿的捷径。我靠重读马基雅维利的《君主论》度过一整夜，期望能从中得到点启发。第二天早上,我担负起自己的"责任",致电那家房产中介所,接电话的正是带我看房的那位。

"……是的,我记得您,只是我看过您的档案,没可能的。太多人盯住了这套房,而您的工资根本没有竞争力。"

我真想问问"两个人"是不是真的符合他对"太多人"这个概念的定义,但还是努力维持温柔的语气,告诉他那太遗憾了,我理解他看待问题的角度,但我的档案并不能概括一切。

他犹豫了,假装翻找了一通什么东西,然后才问我什么意思。他说话的重音已经变了。

"您听我说,"我说,"我就不拐弯抹角了——我有意与您好好协商一下。"

对话中出现一段空白,直到他清了清嗓子,打破沉默。仿佛担心我的手机被监听似的,他以多疑的口吻问我:

"唔……我知道了。嗯。很好。告诉我,您最多可以为此做到什么地步?"

一阵战栗传遍我的脊椎。他不会也想让我脱裤子吧?我已经开始对自己发起灵魂拷问了,却被中介的算计从胡思乱想中拉了回来,他瞄上的是我的钱。

"比方说,交两个月房租作押金,能接受吗?"

我想都没想就说行。

"好。那交三个月房租的押金呢？"

这算法把我搞得有点晕。我感觉自己在跟一个老油条打交道。我的口气没那么斩钉截铁了，但仍然告诉他没问题。我的对手很满意，又甩出了最后一张牌：

"别忘了，还有我的佣金呢！"

"当然。"我低声说。

"那我们就这么说定了。咱们来算一下，三个月的押金，再加上我的佣金，也就是说您总共需要支付三千欧元。这可不是个小数字啊……"

我叹息一声，说："当然。"

"好的。您确定能够提前支付吗？"

头脑眩晕，心情激动。我听到自己用苍白、含糊的声音艰难地说是的，真的，没有任何问题。

他弹了个响舌，用欢快的语气宣布：

"好，这样的话，这个合约就敲定了。跟您合作很愉快……"

等对面的谈判大师挂掉电话，我才任由我的手机滑落到地上。三千欧元！这可是我从甜蜜的童年时代开始积攒下的全副家当！乳牙换到的钱[1]、圣诞节红包、生日礼金、

---

1 在西方，小孩会将脱落的乳牙放在枕头下，传说牙仙子会在半夜偷偷用一块钱换走乳牙。

奖学金、最低生活保障金……所有的收入都将付之流水。我免于露宿街头，同时也一文不名了。

4

幸运的是，我正好在布鲁诺回来的那天乔迁。得知不用和我挤一张床了，布鲁诺长出了一口气，紧紧地抱住我，那亲昵的程度是我从未见过的。

"我还以为你永远都不会走了呢。"

看他高兴的样子，我感觉他比我更如释重负。他帮我搬行李，又一次恭喜了我，并祝我好运。

现在，我是独自一人了。

在四面墙之间，在我的四面墙之间，有生以来第一次，我有了一个不用与任何人分享的自己的家。我无须有任何顾忌了。我按照自己的品位装饰房间，真正拥有了这个地方。上一任房客在墙上留下了一些花朵形状的不干胶，我用各种影视或游戏中的人物海报把它们全部盖住，《辛普森一家》《实习医生风云》《超级玛丽》，都是些在生活中给我启发的人物。纵览全景，我意识到自己的品位还停留在青春期。女孩子看到这些会作何感想？我不知道，不过也不在乎。我的内部装饰或许不够酷，却是我的个人写照，我喜欢。连窗户正对着的垃圾桶看起来都那么令人心暖。

只差一份收入，我的生活就圆满了。眼下我没有任何手段为生，这下子花光了所有的积蓄，我必须找一份工作，越快越好。

我不知道该怎么办，想着不妨做名园艺师。我广发简历，任何潜在的雇主都没落下。我没抱多大的奢望——我的手从没沾过植物，但在心底还是有一个疯狂的希望，即至少有一个人会给我个机会。结果当然是空忙一场，因为这个工作现在不当季。苗都没有，萌芽都没有，什么都没有。我收到的拒信无一不告诉我，我的条件不符合工作要求。开玩笑吗？这种套话气得我发疯。我就这么容易被人看清底细吗？我干啥啥不行，不用等他们告诉就能意识到这一点，但怎么也不至于如此啊。我有驾照，接受过五年高等教育，还有张天体运动[1]证书。这不公平！我曾在那么多个日子里拼命躲避工作，现在我主动伸出手，它却无视我，拿我当乐子。看这事儿闹的！我们还能和好吗？我开始怀疑了。这时候我收到了一封信，通知我去赴约，进行每季

---

[1] 天体运动：指在特定的区域内裸体活动。

度一次的最低生活保障金评估面谈。我收信大喜，也许他能帮到我，说到底，这是他的工作啊。

我头一回撸起袖子，兴冲冲地赶赴评估召见会。贝拉米提出了永恒不变的问题："那么，您现在怎么样了？"我回答："我想工作。"他闻言顿时不知所措。

"哎呀，先生，可不能说这样的话。"

他的反应与我的期待相去甚远。

"我不懂。"我实话实说，"您听我说要找工作了，应该高兴才是呀。这证明我想摆脱对社会的依赖自力更生了，不是吗？"

我的咨询师低下头，脸红了。他说他完全理解我所要传达的信息，但是我的豪言壮语并没有令他很开心。

"听着，我不撒谎，我很喜欢您。在我负责的所有人里，唯有您是不找我要工作的。唯一一个！您能相信吗？您就像是一缕清风。我知道，我可以和您谈论该死的失业以外的事情。我对您一无所求，而您什么也不用干——这是我们关系的基础。本来一切都好好的，而现在呢，如果连您都开始找我要工作了，那咱们之间就有问题了。"

我莫名惊诧，跟他说我不确定自己是否听懂了他的话。贝拉米用手捂着头，跟我诉说了他的苦处：

"可我也不是魔术师啊，您懂吗？我怎么能变出奇迹呢?!"

5

工作找不着,只剩下写书一条路了。我一直有志于写一部畅销书,只是从来没有跨过扉页那一步。扉页上写着日期、我的名字和标题:《新建 Word 文档》。我遭遇了瓶颈,面对空白页面昏昏欲睡,脑袋里充满疑问。那些该死的作家是怎么完成了我连开始都做不到的事情呢?需要有耐心吗?勇气吗?还是失眠?酗酒?我不知道,但我期待着顿悟的到来。

在此期间,我开了一个博客,在上面谈论大事小情,不管有得聊没得聊,都聊一些,但主要是聊无聊的事。一言以蔽之,这就是我的人生概况啊。我给不出什么独到的观点,只能通过我的所见来描述这个世界。如果说起这栋楼的垃圾桶,我就会展开描述它们的味道以及里面的垃圾——我通过里面的垃圾判断今天是周几。我以"猪圈领主"自居。我评论邻居们上卫生间时发出的声响,拍摄我的大便并发出来恶心全世界。我收到的评论极为有限,且都是劝我去死的。这也怨不得他们。

我也没完全闲着,仍东一份西一份地投递简历,投出去后就交叉手指做十字架状，默默祈祷缺乏热忱也不算什么大问题。比起工作，我最想要的其实是工资，所以我在求职信里从不撒谎，不谈论什么职业规划，而是直接承认我想挣钱。钱就是我的全部动力。这算是个录用我的好理由吗？大概不算。读着日渐增多、被我贴在墙上的拒信，我得出了这个结论。渐渐的，墙上已经没有空地了。一些人力资源部经理建议我重新组织说辞，另一些则明着叫我滚回地狱去。显然，"人总要吃饭"并不是说服雇主的好理由。我该用什么方法支付租金呢？这个问题一天比一天严峻。

一天里剩下的时间，几件小事就能打发过去：我试图消除自己的疑问；我尝试自己逗自己大笑；我练习比利时口音；我在邻居从门前经过时打嗝；我把胳膊贴着身体跑步，试图以此来改变自己的步态。我觉得自己很可悲，但也没有别的选择。没人可以与我交谈，我只能一人分饰两角，自己与自己讨论，嗓音一会儿低沉一会儿尖锐，这种幻想能维持几秒钟，但到底无法让我忘记最根本的事情：我很空虚。我可以给洛塔尔或吉多等朋友打电话，但我的自尊又阻止了我。我因为他们对我找房子的事不够上心而恼火，至今仍有怨气。只有布鲁诺在我有难时帮过大忙，但他现在死活不接我的电话。也许我有什么地方惹着他了，也许他发现我曾在他的床上打飞机,谁知道呢。

不管怎么说,我不得不痛苦地承认,我怀念社交生活。人家缺钙,我缺人。我渴望人群,如同孕妇渴望独处,唯一的区别是我并没有孩子可以期待。我专挑高峰时段出门,只为和排队的人擦肩而过。我窥伺人流。我乘地铁在市中心来回闲逛,以便看见更多的同类。我寻找触碰、气味、面孔,一切可以证明我不是幽灵的东西。我有一块空白需要填补,却不知该如何填补。一个女人?一份工作?一条狗?可能性很多,却没有一种能真正打动我。养条狗的话,我就不得不出门了,女人会索要爱的证明,而工作不要我。我慌了。我羡慕公共汽车上那些忙碌的人。我看他们急匆匆地赶赴约会,那约会想必都是极重要的。我想和他们一样知道该去哪里,而无须考虑时间、方式和原因。人能够没有明确的目标却正常生活吗?我开始怀疑了。

沉默了一个月后,音信全无的布鲁诺终于邀请我去他家了。我应邀赶去,激动得像是海难幸存者看到了救生筏。终于!我将重新知道与人交谈是什么滋味了。

布鲁诺以有力的握手迎接我,嘲笑了两句我的胡子,说我面色难看,然后才请我进门。我们聊了几分钟找工作的难处，布鲁诺说，他刚刚找到一份工作。

"我在一家汽车杂志社得到了一份记者的差事。"

"什么时候的事？"

"半个月前吧。"

"你怎么没早点告诉我？"

"我想等试用期结束……"

我无言以对，伸出手去表示祝贺。接着，我又咽了几口他兑的齁甜的石榴汁，才张开口，说太好了，这是他应得的。布鲁诺为了找工作确实没少东奔西走，做尽了乱七八糟的小零工，也是时候让他步入正轨了。

"你的工作主要是做什么的？"

"写关于汽车的东西。"

"啊？"

我指出他对汽车一点也不了解，而且他跟我说过，他讨厌引擎之类的东西。他笑着附和我：

"我知道呀，我面试时跟他们说的第一句话就是：'事先告诉您，我对此一丁点儿也不了解。'"

"就这样他们还录用了你？"

"嗯，是的……"

"究竟是怎么回事？"

"嗯，我是唯一的候选人。"

"哦,这一点倒是挺有利的……"

我晃动正在杯子里融化的冰块,问出了那个不吐不快的问题:

"但是,你确定你真的喜欢这个工作吗?"

布鲁诺抬眼向上望,仿佛要拉楼上的邻居作为见证人。

"我就知道你会提出这个问题……"

"那你的回答是什么?"

"这是个工作,而工作不是用来让我喜欢的。"

这句话在我的脑海里回响,我仿佛听到了它的回声。布鲁诺用指责式的目光加强了这句话的威力。我低下头,他继续说道:

"你看啊,你就是没搞明白这一点。工作本来就不是好玩的,不是叫人休息的。不能把它和学习混为一谈。工作,是为了挣钱,就这样,没别的了。"

"我明白着呢。工资嘛!我也不想要别的。"

"你还有一个执念,总以为你的学历使你有权额外索取点什么。眼光太高是一点好处也没有的,你明白吗?这就跟踢足球是一个道理,没人管你用什么方式进球,能得分就行。来,就拿你当例子吧。你差点在电视界混出名堂,但最后被人家开了。然后呢?那也不是世界末日。就好比你想玩一个高难度杂技动作,玩砸了,但这并不妨碍你站稳脚跟再试一次。"

"我好像跟不上你了……"

"问题是,你脑袋里总是认定你必须做件很酷的事儿,但这就是在犯傻,你明白吗?不可能的!所有的工作都恶心人,无一例外!就连那些看起来最光鲜亮丽的工作也恶心人。你以为齐达内在球场上打了五十个滚后还不烦吗?"

"不知道,我一点儿也不懂足球。"

"那就举个你能听懂的例子。色情片演员每天早上爬起来就去工作,你真的以为他们乐此不疲吗?"

"我不敢肯定……"

"当然不是了!我可以向你保证他们烦透了。他们跟所有人一样,宁愿躺在床上一边看体育频道,一边挠自己的身体。但生活不是这样的!人啊,必须懂得在有些时候把手从裤裆里掏出来。"

"我从来没反对过呀……"

"但你那么想了,还是使劲地想。我太了解你了,你总是等馅饼烤好了乖乖地掉进盘子里,然后跑来哭诉它从你鼻尖飞走了。怪罪别人多容易呀!你只是一个被惯坏了的孩子,从来没有撸起袖子做过任何事情。脚踏实地一点吧,波德莱尔先生!找个工作,什么工作都行,别挑三拣四,别说什么你受过教育那样的屁话。"

热血澎湃的布鲁诺一拳捶在沙发扶手上,结束了他的高谈阔论。他嘴唇上还沾着唾沫,仍然直勾勾地盯着我的眼睛。他第一次用这样的方式跟我说话。就像那天斯特凡妮在阳台上对我直言相告一样,我感觉自己恍如赤身裸体。我自以为是个让人捉摸不透的人物,实际上却是肥皂剧里的角色,一眼就能望到头。总的来说,布鲁诺说的话都是对的。我把自负隐藏在腼腆的背后,我恐惧失败其实只是在为我的傲慢开脱。我下意识地制订了逃避的策略,使自己继续沉迷在幻觉中,总以为我的不幸与我本人无关。说到底,我只是不想承担责任。

我没有完全理解布鲁诺充斥着体育用语的比喻,但这也无妨。他仿佛通读了关于我性格的说明书,而这说明书是用一种我一直不曾掌握的语言写就的。我用了这么多年试图破译的谜,他只用五分钟就说得清清楚楚。我回想了一下我认识的那个布鲁诺,再回头看眼前这个新布鲁诺,只觉成熟老练的气质扑面而来。自从他搬出合租屋,很多事情都发生了变化。他说得口干舌燥,一口干掉了杯中的饮料,视线始终不曾从我脸上挪开。他在等我给他一个答复。

"你说得对。"我说,"我会抓住第一个到手的工作。"

布鲁诺"哐"的一声把杯子放在桌上，欢呼起来。

"你说巧不巧？我正好有好工作推荐给你。"

"是吗？"

"正是！我听说他们正在为巴黎国际车展招接待员。"

"哎哟，我可从没干过这个呀！"

布鲁诺朝我瞪眼，说：

"我刚跟你说什么了？又不是每找一份工作都必须拥有与之相关的文凭。没人在乎你干没干过这个。站着不动，微笑，动动大拇指，你认为自己胜任不了这活儿？"

我惭愧地说他是对的，他才宽宏大量地对我表示肯定。突如其来的欣喜攫住了我，我想跳上桌子大喊大叫：我有工作了！我不会破产了！喜悦需要摇一摇，味道才会更好，根据这个原则，我摆动四肢，跳起胜利之舞。我扭动双臂，脑袋画着"8"字，用嘴打鼓点，直到布鲁诺残忍地打断了我的狂欢。他用庄严的姿势提议为我即将迎来的工作碰杯，然后给我倒了一杯薄荷水，向我举杯：

"敬你，懒汉！"

"你就没有瓶香槟什么的吗？"

"你疯了！你知道一瓶香槟多少钱吗？"

6

我还有一个星期可以准备,但心里已经开始打鼓了。我对于汽车的了解堪比素食主义者之于烧烤,所以离事成还远着呢。布鲁诺叫我尽管放心:他也曾处在我这个位置,但这丝毫没有妨碍他最终取得现在的地位。我忍住了,没有向他指出他并没有成为迈克尔·舒马赫。

布鲁诺是个有分享精神的人,他无私地向我传授了他所掌握的全部汽车知识。他给我演示了如何换轮胎,如何倒车入库、漂移、悬空转圈……出于实际的考虑,演示都是通过一辆挂在钥匙环上的迷你汽车模型进行的,但布鲁诺向我保证,大车小车都一样,道理是相通的。

据他说,在汽车界,一如在其他任何领域,重要的都不是尺寸。我深以为然,狠狠地点头并在心里记下了这句话。最后,为了确保我所受的培训完整无缺,布鲁诺坚决要求我回去看看《速度与激情》。女人、千斤顶、漂移——据他说,仅掌握此三项就足以在这个圈子内进行所有对话而不露怯。夜深时刻,布鲁诺宣布我已做好了万全的准备,于是我告辞离开,肩膀上顶着的不是脑袋,而是一台发动机。

我参加面试是带着小抄去的。我的两手掌心写满了不同的汽车品牌名，布鲁诺建议我将之插进谈话里。我还分不清雷诺和雷内，但已经算入门了。在等候大厅里，我不管拼写，试着先死记硬背下这些名字，但有人出来通知轮到我了。

三个评委坐在一张巨大的桌子后面，桌子这边设了一把非常小巧的凳子。他们请我落座，但我更喜欢站着谈。三人纷纷点头，并带着欣赏的神态在纸上写了点什么。后来我才知道，接待员的首要品质就是知道该站着。仅此而已。

随后我被问到为国际汽车展工作的动机。我立刻被吸进了记忆的黑洞里。理由忘光了，我不知道该说什么，只听见自己答道：

"因为我妈妈就是在一辆汽车里怀上了我。"

评委们都笑了。他们问我是不是在开玩笑，我说不是。他们问我想不想工作，我说想。三人动作整齐如同一人，站起来向我道喜。我还没反应过来呢，就有人向我伸出手来告知我不可思议之事：我被录用了。然后，他们向我解释了一下我的任务：微笑、迎接、卖车。

"尤其重要的是，做你自己。我们就需要像您这样的人。"

我不敢相信自己的耳朵。自我有记忆以来，这是第一次有人给我下这样的评语。我感觉自己脸红了，结结巴巴地道谢。有人对我表示欢迎，有人祝我好运，有人说回头见。

我离开时一身轻松，满心都是谎言达成的满足感。布鲁诺说得对，重要的不是懂，而是让别人相信你懂。现在，我的生活比以往任何时候都更像一个巨大的笑话。

7

在展会开始前我需要接受一段时期的培训，据说之后我就会成为一名熟练的销售员。我能一路蒙混过关吗？我萌生了怯意。伟大征程开始的前夜，我收到了录用我的那家中介发来的短信："请务必着装得体。"这个句式令我联想起鸡尾酒会的邀请函。布鲁诺建议我不用在意那个，他笃定地说："重要的不是衣服，是衣服后面的东西。"

我半信半疑，多少做了点努力，在牛仔裤上面穿了件衬衫，不过效果不太理想，因为衬衣是夏威夷风格的，而我只有这一件衬衣。"重在心意。"我对着镜子里的自己说。我出发上路，确信自己衣着优雅，然而看到地铁上的领带大军后才发现全然不是那么回事。着装得体并非简单的礼貌即可。这里宛如北极，四周都是企鹅，我不觉得冷，却异常孤独：只有我的牛仔裤和花衬衣格外扎眼。我又想起了第一位最低生活保障金咨询师说过的话：您自己想想为什么成不了职业人士。我真想打电话给她，告诉她现在我想明白了，可惜为时已晚，我的着装不会因此而改变。

到达场地后，招待主任之一立马冲我走了过来。她也是迎宾委员会的委员之一。

"我说，这是什么呀？在你看来，这算是得体的着装吗？"

我很想回答她不是，想说说我的准备、布鲁诺、衣服后面的重要东西，但她气疯了，根本不容我开口。而且，她做了一件女孩子从没对我做过的事情：问我的名字。

心绪纷乱，局促，吃惊，我脸红了。

我想含混不清地说出我的名字，可我在紧张的刺激下口齿生津，又在霉运的作用下说话时唾沫飞溅。我眼睁睁看着唾沫弹向她的嘴唇。我想拦阻它们，抓捕它们，想对它们喊"回来"，但是为时已晚。我的唾沫落在这位迎宾员的嘴上。"悲剧啊！祸事啊！"我心想，对她做出表示歉意的笑脸。她顿时语塞，手指按在嘴上，两眼睁得大大的。这意料之外的接触让她有点手足无措，她让我立刻消失。

"我警告你，你这套趁早给我改了。"

我想问她指的是我的着装不当还是说话冒泡，但忍住没问。我身体软得如同浸了水的猫，赶紧甩起双腿，钻进人群，溜之大吉。

8

上班第一天，是一堂堂精妙的微笑艺术课，是一场场着装辩论赛，更是一道浪费似水年华的大瀑布。我应该哀悼被浪费的时间，但我本来就是浪费时间的老手，所以我一句抗议的话也没说。再说了，又不是只有我一个人这样。头几个小时，我的着装使我感觉自己像是误入企业聚会的游客，但后来我便将周围投来的目光统统置之度外，只考虑事物的本质：我可是有出场费的，人家给我钱让我在这里。一天的培训结束后，我立马跑去买了一套像样的衣服。放在以前，这样的境遇会让我有存在感，但今天，我只有一个欲望：加入他人行列。

于是，第二天我穿着严格符合着装要求的衣服去上班，那是我在 H&M 打折区买的。下地铁时，身边都是和我相似的人。我被人群裹着走，心里很欢喜，因为我终于不再逆人流而行了。终于，我合群了。

展场每个入口的栅栏前都有招待主任控制入场人数，

我走过去抓起签到表胡乱画了几笔,算是签名,这时身后有人喊我。

"啊,这才对嘛!"被我喷过的那位招待主任夸赞我,"你看,这不是好多了吗?好好穿衣又不费你什么事儿!"

她要求我转一个圈。我有点不自在了。她又接着说很好,他们要找的就是我这样的人,会听话,听完有行动,还说她很高兴有我这样的手下。也不用这么夸张吧?只是一套正式男装,又不会把我变成当月最佳员工。但她还真是没完了,拦都拦不住。她问了我的名字,记在纸上,并用郑重其事的口气说她会将之传达给管理层。我很不安,咽了口唾沫。她知道自己在跟谁打交道吗?我走进报告大厅跟大家会合,感觉肩上扛了额外的重量。

9

培训由无用的课程和心不在焉的学生构成,使我想起了大学时光。在形如货棚的大厅里,各路高人轮番登上讲台,接力完成一个棘手的任务,即教授我们汽车业的知识和企业文化。他们使用的字眼未免太煞有介事了,他们是那么郑重其辞:"你们是品牌的第一任大使。从现在开始,雪铁龙就是你们!"这时我才得知雇主是谁,此前我一直以为我们是被一家负责招待的中介聘来的。我思考了一下这一信息可能带来的结果,得出了一个结论:管他雇主是谁,对我来说都没什么差别。雷诺、雪铁龙抑或是标致,无非都是车。

在人际关系上,我又陷入了自相矛盾的境地。我一方面很满意自己不再是孤身一人,一方面却又发现自己憎恶身边的人,就好比我乐于加入社交群体,又苦于在群体中无人社交。我连最小的团体都融不进去,只好在一旁冷眼看着那些兴高采烈的人,同时在心里暗暗咒骂。我试过像他们一样热情,但没用,我的情绪就是热不起来。大概也只能怪自己了,我实在看不出来这"打工仔,请起立!"的日常算是哪门子乐事。我已经开始怀念无所事事的日子了。时间变得漫长无比,而最难熬的还要数休息时间:时候一到,所有人都起身,好像都清楚要往哪里去,只有我还坐在那里,假装专心致志地在包里找什么东西。偶尔我也会靠墙站立,摆出一个潇洒的姿势,比方说弓起一条腿,模仿《无因的反叛》里的詹姆斯·迪恩,直到小腿抽筋,不得不变换姿势。两腿站立时,我看起来像一张放错了位置的小圆桌。我这种腼腆的人不敢融入群体,就喜欢躲进音乐里。人藏在耳机后面,眼睛紧盯着手机(现代版香烟),

只为摆出一个姿态。我盯着我的手机,期望能收到外界的消息,时间仿佛凝结了。没有消息。我默数着时间,用意念把它一分一秒地杀死。

最终却是我的忧郁让人注意到了我。一个坐在我旁边的家伙问我:

"我说,你有啥不爽的?他们都说你好像不乐意待在这里。"

我回答说我没啥不爽的,只是相较而言更喜欢待在我的床上。他诧异地看了看我,然后以不容置疑的口吻说:

"哥们儿,你没搞明白!这儿是天堂!有车子,有票子,还有妞儿,你还想要什么?"

我琢磨了一下,想了想其中有没有能把我从消沉中提振起来的东西。没有。

"你想明白了吧?"他还在喋喋不休,"做梦都没有比这更好的事儿了。"

我们这群人是按照外貌标准招募的,且绝大多数是女性,美女数以百计,堪称泡妞者的终极福地。我注意到了一个发情的雄性军团,其成员明显都是在招待界厮混的老手,每一位都以一种野兽自居,以标榜自己的天赋。他们当中有老虎、美洲狮，也有美洲豹、猎豹。姑娘们就不用多说了，自然都是他们眼中的小羚羊。我常常观察他们，就像在查阅动物档案。每一次中场休息于他们而言都是狩猎时间，他们发出吼叫，锁定猎物，组织行动，然后发动攻击。这些"捕食性动物"很快成了我的主要消遣来源。

在宣布每个人的分区时，捕食小组的劲头超乎寻常，甚至以嚎叫和热烈鼓掌来表示他们欣然领命：他们被划分在城市用车那一区，那里是单身女大学生和其他潜在猎物的大本营。我被他们的狂喜感染，几乎忘记了我被分配的去处给我带来的失望——我被指派到加宽加长型汽车专区，那是肥佬、胖太太和多口之家的王国。

10

我们的工作场所似乎处于一个奇特的时区，这里的时间会间歇性膨胀。上午和下午还能熬过去，可用餐时间似乎永远都不会结束，太可怕了。我小时候经常跟着父母去飞禽公园，那里有栅栏、玻璃墙，让人鸟隔开一段距离，使我免于遭受愤怒小鸟们的魔音穿脑。这里呢，饭点一到，姑娘们旋即对沉默发起报复，那是毫无预警的处决时刻。食堂本就是个回声工厂，最容易滋生喧哗和躁动，巨大的

厅内充斥着废话的回声,如同成百上千只穿着套装的喜鹊争先恐后地叽叽喳喳,不时听见某一位的无聊发言:

"我呀,我……"

"我男朋友……"

"我喜欢你的头发……"

"你看见那个蠢女人的样子了吗?她以为她是谁呀?"

"你的鞋子呢,是吉米·周的?"

"唉,我呀,其实我平时是做模特的。"

吵吵嚷嚷中,我更加坚信一直以来就怀有的一个想法:飞禽之岛绝非浪漫之地,而是地狱。

女孩们根据衣着审美分成小组,男性则根据兴趣点扎堆,每一堆的谈话方式都严格遵守一套明确的语言规范。有聊汽车的,他们叫的是:"哎呀,看那台车!"有聊女孩的,他们喊的是:"哎呀,看那个妞儿!"也有说不出是哪头的,因为他们说出的话暧昧难辨:"哎呀,看那底盘!"当然了,他们还有动作辅助言语,比如模仿方向盘或是打桩机,抑或偶尔上下齐动同时模仿两者。这显然是个两性的战场,我毫无用武之地,只能独自低头啃我的蒸土豆,唯恐引起任何人的注意。我那天是被哪只蚊子叮了,怎么会想到来这里工作?我一遍遍问自己,然后想起来了:我得付房租。

11

布鲁诺身穿专业记者的崭新西服套装，持续探索汽车的世界。他混得着实不错，证据就是他拥有了一张自己的商业名片，那上面除名字和电话号码之外，还有一个他所在杂志的商标——一堆轮胎。晚上，假如我没有累得直接扑到床上睡觉的话，我们会见个面，聊一聊过去这一天里的见闻感受，但现在有件事越来越让我心里不是滋味。自从正式入职以来，布鲁诺似乎靠着一种离奇的疾病来提振对于生命的热情——他感染了消费主义热病，高烧持续不退。他不再谈论女孩，也不再说足球，而是张口闭口只谈钱。

不论我们一开始谈的是什么话题，总有那么一个烦人的时刻，我会恍然发觉布鲁诺又把话题扯到了货币上。我夸他的衣服，他答以"三百欧元"；我问他几点了，他告诉我他的手表值多少钱；我问他最近怎么样，他说"挣得还行"。他魔怔了。他乐此不疲地追问我第一笔工资到手后要买什么。

"第一笔钱非常重要，可马虎不得。"

我告诉他我不感兴趣，我不追求物质享受，什么也不会买，我还有债务要还，但主要是因为我压根不在乎这件事。到最后布鲁诺恼了：

"你不可以不在乎。第一笔工资是你成年的关键一步，你必须打下一个鲜明的烙印。你在接下来的一生中会不断回忆这件事的。"

我说，如果是这样，到时候我就去买本书吧——不破坏规矩。布鲁诺神色一滞，摇着头叹息道：

"你是真的没一丁点儿出息。"

12

培训还在继续。总有人来给我们画表格、看数据、讲规章。一个个促销员来给我们介绍汽车，仿佛那些都是新生的婴儿。他们在大厅里寻找赞许的目光，问我们："多美啊，是不是？"大部分人应声回答"是"，我只当没听见。我强忍住哈欠，低下头以免眼神泄露出我的漠不关心。不止一次有人提议我到某一辆样品车上亲自坐坐。

"您应该与您的汽车互相熟悉。一个好的销售员必须对他的产品无所不知。"

我一概婉言谢绝，把机会让给迷恋方向盘的疯子。这种人为数不少，他们一听说能坐进敞篷车里用嘴模仿发动机的轰鸣声，无不兴奋得不能自持。谨慎起见，我与他们保持距离。我采取了碰上打群架等状况时的一贯态度：不掺和。

不得不说，我和汽车之间矛盾重重。想当年考驾照那天，我两次罔顾右边车辆先行的规矩抢道，在十字路口中央熄了一次火，差点干翻一个骑自行车的家伙，倒车入库失败；尽管如此，我还是得到了认证我考试成功的驾照。那件事是一场乌龙。那位考官近视得一塌糊涂，堪比一只患了红眼病的鼹鼠，那天他把我和旁边的一位考生看混了。后者没少抗议，但老瞎子威胁他说再没完没了地抗议就终生注销其报考资格。我没什么可抱怨的，一言不发地把驾照揣进兜里。从那天起，我没有一次坐进汽车后不在后视镜里看到那个被我偷走驾照的男人的影子。

按说我的汽车知识贫乏，应该为此感到难为情才是，但我可以在女孩们那里找到业务能力方面的安慰。我固然所知甚少，但她们的知识也未见得多到哪里去。有一天，授课老师问我们有没有问题，一个女孩举起了手：

"马达里的马吃什么呀？"

13

那个周五，我们被告知培训期的第一个阶段结束了。一个胳膊滚圆的小个子女人登上讲台说：

"现在汽车对你们来说已经没有秘密可言了,我们接下来进入行为培训的阶段。"

这个消息令我发笑。如果第一阶段培训的目标是使我能对机械和车标如数家珍的话,那么我可以毫无愧色地宣称,他们失败了。汽车对我来说仍是一个谜,而我也不打算解开它。

行为培训旨在教会我们应对购买者及其口臭和坏脾气。又是一整套我无意浪费时间听的课程。我早就知道如何应对老油条顾客了:扭头,拔腿,告辞。

出乎我的预料,虽然这培训偏重实用,却也不乏娱乐性。我们被浓缩成更加精简的编队,每队都以女孩居多,依次从一间教室走进另一间教室,所接受的培训内容也逐渐从没有意义变成荒唐不经。老师们打着教我们呼吸、微笑或倾听的旗号,怂恿我们别把自己当人。

"你们是一棵猴面包树。"一位说道。

"你们只是一双耳朵。"另一位说。

"像海豚一样微笑。"又一位命令道。

我并不质疑这些所谓培训组织存在的合理性,但他们的方法让我困惑不已。我完全看不出来混乱的身份认同怎么就能帮我们管理压力,事实只怕恰好相反。我看看自己的脚，感觉它们正在向下扎根。

每个领域的专家都来给我们传授方法，那些方法都有个复杂的名字，例如"和解分析"或"追溯性倾听"什么的，唯一的目标无非是把人当成傻瓜。我们还被要求玩角色扮演游戏。他们命令我们重复一遍顾客的要求以让顾客信任，接着有一个女孩表示不愿意扮鹦鹉：

"我可是受过教育的！我可不想让人把我当成傻瓜！"

"您是来卖车的，不是来思考的。"

14

我是永恒的青春期少年，衬衣于我而言只是用来假扮成年人的道具。我以前从未穿过为工作场合准备的衣服。话说回来，我也从没真正进入职场工作过。我第一次穿西装。我永远都忍受不了在领口上打个结的诡异做法，也不知道它怎么就能改善人的仪表，在我看来这就是标准的上吊，我对自己发誓一天结束后就立马把它扯下来。我遭罪、流汗、赌咒，我缅怀从前能把手放进短裤里而不会被拉链拦阻的美好日子，但我挺住了。

后来呢，一点一点的，我开始感觉到这套装备也并非没有任何好处。我进入了角色。此前一直忽略我的商家开始看见我了，我的门房不再用"你"称呼我，而叫我"先生"，有女人冲我微笑了。新的着装改变了我生活的样貌。

一天晚上，培训结束后，我决定继续体验变身。我没有像往常那样脱下西服，换上印着《人猿星球》剧照的T恤衫，而是穿着一身挺阔的行头去找布鲁诺。他打开门看到站在门前的我，嘴张得下巴都要掉下来了。

"看看你！简直叫人认不出来了。"

他凝视着我，仿佛是第一次看到我似的，然后细致入微地评价我的着装。他认为西装凸显了我的身材，低帮皮鞋显得我潇洒，领带衬得我气色好。碰巧他的邻居购物回来，正在爬楼梯，布鲁诺拉住她做证：

"佩雷拉太太，您怎么看？您说我朋友帅不帅？"

佩雷拉太太咒骂道，这关她屁事，她还有三层楼要爬呢，没工夫搭理我们。布鲁诺恍若一个字都没听见，他掐着我的脸颊，口吻充满自信：

"成了，你还是顶着一张大傻瓜的脸，但看起来已经没那么像处男了。"

15

自从开始培训以来，整整两个星期过去了，最后一天终究还是来了。一天早晨，它就那么突然地来临了，一副若无其事的样子，甚至没有为耽搁了这么久才找到这里而道个歉什么的。对此我就不多说什么了，毕竟最重要的是培训结束了。

很奇怪，这一天并非最漫长的一天。培训的人也厌倦了整天呵斥我们遵守秩序，让我们把注意力集中到挡风板或手套箱的组装方式等无聊至极的主题上。这一天，他们只顾对着空气自言自语，我们则爱听不听。此起彼伏的欢呼声表示着让这一天快点结束，一个钟头又一个钟头过去了。

夜晚来临，招待主任们齐齐登上讲台，请大家肃静。我第一天就与之有过亲密接触的那位招待主任发表了讲话。我一直不知道她把我的名字塞给管理层有何用意。我警惕地竖起了耳朵。她会不会拿我举例子？也许会当众表扬我？难道是当众示爱？在这个疯狂的世界里，什么都有可能。我看到她走向麦克风，张开嘴，但不幸的是她的声音只能传到自己的鼻尖，下面一句也听不见。可怜的女孩脸红得像煮熟的龙虾，徒劳地扯着脖子喊，吐出的每个词都伴随着一颗乒乓球大小的唾沫珠。第一排听众如同进行了一场淋浴，好在很快就熬过去了。我想起她为了一星倒霉的唾沫和我大吵大闹的一幕。她那么做倒也不无道理。

我们被要求去餐厅集合,那里张贴了一份表格,上面列出了我们被分配的岗位。表格前聚起一堆人,几个姑娘互相撕扯头发,据说是因为某个女孩插到了另一个女孩的前面。我不禁想起了高考结果公布时的情景。

我的名字出现在"银行"那一栏里,简直莫名其妙。这是搞什么呀?难道他们想让我管钱?我连阅读数字都有困难,我是宁可被人骗钱也不愿意重新核算一遍账目的人啊。我自己搞不明白,就转身问旁边的人:

"不好意思,你能不能告诉我这里的'银行'指的是什么?"

那个女孩一脸嫌弃地看着我,仿佛我患了某种会传染的性病,然后不屑地说:

"他们把你安排到'银行'了?"

"是的,你知道这是什么意思吗?"

"就是浪费时间。"

"啊?"

"你待在一个窗口后面,一整天啥事也不用做。"

她的话就像电子弹珠游戏里的弹珠一样,在我大脑的内壁间弹来弹去,直至"叮"的一声,我豁然开朗。我简直不敢相信自己的耳朵。这一通入职培训,这一连串重塑行为的愚蠢举动,装猴面包树、角色扮演、傻瓜游戏,都是为了什么？为了最后待在一个窗口后面什么都不做？枉我还苦苦追寻，我竟然没想到在这儿还有这等好差事。

16

我在汽车沙龙开幕的前一天庆祝生日。我无悲无喜地开始了这一天，心里确信什么都不会发生，但我错了。一大早，一条短信把我吵醒了。看到妈妈的名字出现在手机屏幕上，我的眼泪顿时涌了上来。我心想："啊，这位圣女没有把我忘记。"我满怀爱怜地回忆起她的面容，为她不在身边而遗憾，否则我一定会把她紧紧拥进怀中。我暗自咒骂，我们居然会因为那么点鸡毛蒜皮的事情而失和。绝对没有任何东西可以取代一位母亲的爱，我心想。这时候，我看到了她的短信内容：别忘了你还欠我钱呢。

我的心碎了一地，回复她"一边儿待着去"的念头一次次冲上脑门，不过我最后还是躺下睡回笼觉去了。如果有人能在我生日这天发来祝福就好了，可是我没有把这个日子告诉任何人。我是怕麻烦才没有说，没想到却给自己带来了悔恨和失落。

于是乎，我孤家寡人一个，没有蛋糕，没有舞曲，但我没有什么可抱怨的：都是自找的。这值得我为命运自怜自伤吗？不。我如同每一个平常的早晨一样，打开窗户查看垃圾桶。桶盖四敞大开，里面的垃圾漫出上缘，仿佛在朝我微笑。我朝它们眨了眨眼。"至少还有你们，你们不会转过身去不理我。"我喃喃自语。说到底，我每年都在变老，每一天都在变老，永远没有停歇，没有中断。为什么人们要在某一天比其他日子里快乐呢？为什么我会想听人说起那句祝福呢？我无须这些也可以度过美好的一天。

我没有选择坐在家里干等，而是带着去麦当劳的明确目的出了家门。我点了一份薯条、一个巨无霸和一杯可乐，坐在面向街道的落地窗前。面前人来人往，却没有人看我一眼，我仿佛透明人。我忍不住想朝他们喊："看我！""今天是我的生日！"但略加思索后，我还是决定低调为上。为了从这样的心境中脱身，我推开了一家理发店的门，希望从这扇门里再次走出来时已然改头换面。有个人问我想怎么剪，我心不在焉地笑了笑，说："跟往常一样，想怎么剪就怎么剪，我都行。"他向我指出，我们从没见过面，我也没心思跟他争辩这个问题。

纯粹是为了换换脑子，我决定进一家电影院度过下午时光。我没穿使我显得成熟的西装，导致售票的柜员问我是否已满十八周岁。我犯不着为这点事感觉被冒犯，因为我的外表看起来确实小于实际年龄。我伸手掏身份证件，半途中突然灵光一闪，又由着它落回口袋里。我想了一下，实在不想让这位柜员看到我的出生日期，否则她一定会对我说："今天是您的生日，您一个人吗？"又得多费些唇舌解释，与之相比，我宁可回家。于是我淡淡地对她说我不想看电影了，我要回家睡觉。回家的路上，我一直在找一张与这非凡的一天相吻合的电影原声带，最终选中了《寂静之声》。晚上入睡前，我想到了国际车展，浑身打了一阵冷战。我最后的休息时光以这种方式告终，想想也挺遗憾的，可是我别无选择。我有生以来第一次盼望着我的生日可以成为不同寻常的一天，它却与以往任何一天毫无二致，无聊、无益、令人失望。

17

我们上场了。国际车展敞开了大门，我们的工作真的开始了。我强抑着心里的恐惧来到停车场。几十万人将涌进这里，只为一睹减震器或后视镜的风采。这真是一个有趣的时代，我心想。

招待主任们出来接我们，他们身上都斜挂着一条背带，仿佛每人背了一身紧张。我们跟随他们参观了接下来半个多月的工作场所和周围的展台。捕食性动物小组在法拉利和保时捷的展位前流连忘返,因为那里的迎宾小姐都像色情电影里的女演员,签了不可以穿内裤的合同条款。小伙子们一个个摩拳擦掌,发誓一有时间就会回到这里,同时忙着往各个方向眨眼,到处撒网约会。我们每个人都站到自己的岗位上,心里清楚漫长的一天开始了。

来到人们称之为"银行"的那个小单间后,我有点吃惊,因为我发现自己居然是这里唯一的男生。我有生以来第一次确信自己是那个遇事时需要挺身而出的男人。我该为此欣喜还是忧愁呢?那位"唾沫姐姐"一个组一个组地巡视,检查一切是否都在有序进行,来到我们这里时详细介绍了一下我们的职责。按照她的说法,我们的唯一使命就是等到有顾客来索要小册子时递给他们一份。任务之简单让我疑惑。

"我们需要做的只有这件事吗?待在柜台后面,给人递产品目录?"

招待主任打了个手势,让我不要着急下结论:

"是的,但是你们可不要因此把这里当作夏令营。要知道,在客流高峰时段,'银行'是整个展厅压力最大的地方。我不想吓唬你们,但你们看着吧,有些顾客可是咄咄逼人的。"

她的这场小型士气鼓舞演讲令我发笑。我没有轻易上当。谁会那么不开眼，争着抢着来要这劳什子？没有人！我在凳子上坐定，只希望这一天都不需要再动弹了。这时候，另一位招待主任认为他也有义务来警示我们一番。

"好了，各就各位。"他厉声喝道，"都乱成什么样子了！"

时钟指向十点，提醒我们车展的大门开放了。即将被折磨几个小时的"沉默"做了最后一番巡礼，没有人敢再出一点声响，呼吸似乎都被切断了。太迟了，已经没有退路了。远处升起一丝声响。声响变成了呼喊，呼喊变成了咆哮。大地似乎在某个巨型怪物的脚下颤抖。这头怪物突然出现在我们眼前，它有手有脚有脑袋，但一切都是上下颠倒着的。画面定格在那里。一股由人汇成的浪潮拍向我们，看样子丝毫没有要停歇的意思。

18

人们扯我的袖子，薅我的领子，用唾沫喷我的脸，用言语侵犯我。一群暴民！左边要目录，右边也要目录，我简直不知道头该往哪边摆。他们都疯了。似乎出于某种我不了解的神秘原因，只有目录能使他们镇静下来。过了一段时间，我不再一对一地把目录递给他们，转而将之像飞碟一样旋转着扔出去，他们自会在空中抓住。我眼见他们一群饿狼似的扑向那一口肉，真怕他们会连我一起吞了。不用拿他们当人。这些生物没有礼貌可言，他们压根不知道礼貌为何物。中场休息时，在我旁边工作的一个女孩精神崩溃了，泪流满面地说：

"我不能回去，我不想回去了！他们都是牲口！是野人！都疯了！我不想回去了，我害怕，我感觉我不给他们目录的话他们会咬我。"

任务本来就够困难了，却还有人火上浇油，要求我们定量发放，以免库存过早被清空。展厅里有谣言传播，说什么我们的小册子有收藏价值，其需求量一时间成倍激增，大家都来求我们、威胁我们，但我们收到指示，要把这紧俏物资留给购买汽车的人。以买车为标准在我看来很荒谬，但总得有个筛选的机制。

"你好！"一个人过来找我，"我想要一份目录。"

"抱歉，恕我们不能提供给您。"

"为什么不给？我看见好多人都拿到了。"

"我们只给那些买了车的人。"

"我从四十多年前开始就是雪铁龙的客户了。"

"我理解,但是只有车展中的客户才能得到目录。"

"我说过了,我是雪铁龙的客户!我有一辆雪铁龙桑蒂亚!"

"很抱歉,先生,但是如果我们给到场的每一位雪铁龙客户一份目录的话……"

"但你们给了皮埃尔一份,还有保罗,随便什么人都给了!"

"我们不是什么人都给的!他们都是车展中的客户。"

"我跟你说过了,我也是客户呀,这真叫人难以相信!你那些车展上的客户,他们凭什么能拿?"

"他们刚刚购买了一辆车。"

"但我已经有一辆车了,是一辆桑蒂亚,我都跟你说过了!我总不能再为此专门买一辆吧!"

"没买车就没目录!"

一点办法也没有。最难缠的要数那些老人,他们在一个人那里没得到珍贵的目录,就再去纠缠另一个人。他们仗着一把年纪,付了入场费,还带着战争的回忆,就想要风得风、要雨得雨:

"你竟然拒绝给一位老战士一份目录?"

"这不是我能决定的。"

哎呀,这狗屁目录,谁要我都给,但不听从指示要担着被派去展台的风险。那边的人要一刻不停地围着汽车打转,试图卖出一辆怎么都卖不出去的汽车。我是绝对不会去做这种差事的。

19

我的岗位不需要花太多的心思,而我也遵循这个规定,找到了自己度假式的工作节奏,极尽犯傻充愣之能事。我心思根本就不在这里,只会机械地朝来人微笑,行动如同机器人。我把顺手抄起的第一张纸递给来找我要目录的顾客,而他们很少有人能发觉什么问题。不过也有些人,极个别的,回来向我抗议:

"先生,我向您要的是 C6 的小册子。"

"是吗?"

"但您给的是 C2 的!"

"哦?那又如何?"

"可这完全不是一回事啊!"

"嗯,您知道的,无非都是车嘛。"

20

顾客固然是一害，但更多的烦恼来自我的同事们。有些人没有我这样干坐在柜台后面的好运，实在不能接受自己的岗位安排。

我用眼角瞥见他们绕着各自负责的汽车走过来走过去，数以百计的人找上门来，问他们诸如雨刮器的速度、变速杆的构造、车喇叭的音调这类专业信息。我一面哀其不幸，一面又在心里咒骂他们——总有人跑来求我与他互换位置。我尽力匀出一只耳朵听他们的恳求，并尽力在拒绝他们的提议时保持微笑。他们把我当成什么人了？我宁可死也不愿意站在他们的位置上。我的拒绝一直还算有效，直到一个叫苏拉娅的女孩身体出现状况。一位招待主任让我跟她互换岗位，我直言不讳地告诉她这个想法十分不理智：

"我明白，她就是累了，但也许我们给她点吃的她就恢复体力了，是吧？我后背也疼，但谁听见我抱怨了？再说了，我敢肯定，她就算单腿站着，干活都比我有效率。"

招待主任瞪着我，仿佛刚发现我是一个吃水獭宝宝的怪物。她问我是不是脑子有病。

"她正在过斋月，笨蛋！求求你挪动一下你的大屁股，麻利点过去把她给我换下来！而且你最好给我好好卖车，不然我跟你没完！"

我被逼无奈，只好从凳子上起来，慢步走向那辆需要我卖出去的车。我怎么才能把它卖出去呢？地毯厚厚的，踩在上面如同踩着移动的沙丘，我真希望自己能被掩埋在里面。走到车前，我调整了一下呼吸，从口袋里掏出胸牌，别在衬衣上，然后走到第一位顾客的面前：

"您好，我能为您服务吗？"

他连看都没看我一眼就让我滚一边去。

21

事实证明，卖车并不像我想象的那么难。几个小时徒劳无果地尝试让人看到我的存在后，我突然发现没人逼我非要待在需要我介绍的汽车跟前。乌泱泱的人群把展台挤得一团混乱，那些招待主任根本无从核实我们有没有待在岗位上。与发现自身超能力的超级英雄一样，我对这一发现采取的行动是：立即付诸应用。

从那一刻起，我重新获得了自由，一有机会就匍匐在地，穿过腿和脚的浪潮，左看看，右看看，然后像螃蟹一样爬出人堆。如此潜逃出展厅的时候，我碰到了着迷于汽车的一类怪人，他们爱车爱到趴在那里拍摄减震器和车轮罩的地步。这一天剩下的大部分时间，我都是躲在厕所里度过的，在那里，我得到了思考所必需的空间。我在一个个马桶上玩"俄罗斯方块"，直到不得不证明自己到场了才出去露个面。展位上有同事问我这么长时间不在是去哪里了。

"哦，我没走远。"我说。

顾客们仿佛有第六感似的躲着我。少数几个人不自觉地跑来问我手套箱的容量或其他类似的问题，我装作没听见，自顾自地专心展示后车座——发疯似的把车座调低又调高。站在人堆里对我来说也是前所未有的体验，我从这个角度观察我此前所在的展台，在这里嗅到人们的呼吸，看到他们的汗水，感觉到一阵阵恶心。我尤其爱观察那些父亲，他们来这里与其说是看车，不如说是打着看车的幌子看迎宾小姐。

22

看来无所谓的态度并不合所有人的胃口。一位招待主任突然盯上了我，一大早就跑来向我指出我迟到了。

"你看看你的手表现在几点了。"

"您才有手表,我没有。"

这位招待主任没有幽默感,根本没心思体会我话中的深意。

"你以为你是谁?少跟我嬉皮笑脸的!"

我回答说我也没办法,微笑只是我生活愉快的自然表达,我天生就这么快乐。但这位招待主任居然不相信我,他从头到脚地数落我:我的微笑、我的态度、我的领带,我迟到,我工作不积极,我什么都错。他跟我杠上了,每天早上都来掐一下我的脸,说要检查我胡子是否刮干净了。他的职责是确保我们的形象可以示人,为了达成这个目标,他有权采取一切必要的手段。有一位同事毛发旺盛,被他指出毛发过多,遭受了当众被刮胡子的侮辱。他手握一支圆珠笔,叫喊几声,随之而来的就是羞耻。当然无须指明,这位招待主任并没有按规范戴手套。

他恐怕也很乐意给我来一番这样的服务,幸好我天生胡须不茂密。他那套吹毛求疵的检查在我这里没有用武之地,就试着在别处找碴儿。

他指责我的头发,说我的发型既滑稽又不成熟:

"必须剪掉。看起来跟鸟巢似的!"

我的答复是没门,并建议他少来烦我:

"总有一天,这发型会成为我的王冠。"

听了我的话，他更加暴跳如雷，发誓说他只消一句话就可以让我滚蛋，一句话就够了。我想起了黛莉达的一首歌，副歌部分不断地重复"空话，空话，空话"，于是我又心不在焉地露出了笑脸。毕竟，他说出那一句话来更好。

23

日子一天天过去，我慢慢认识了身边的人，通过模仿疯狂大笑激发了他们的幽默感，也学会了为打嗝比赛机械地鼓掌助兴。我玩起了他们的游戏。我甚至做好了准备，随时可以参加假装在人群中昏倒等无聊的游戏，但与此同时，一旦有机会，我就会在自己身边竖起屏障。一边是融入群体的快感，一边则是想要与众不同的愿望，我骑在墙头上摇摆不定。说起来挺蠢的：我忍不住认为自己高人一等，总是担心自己会被别人带偏了、变傻了。每当这没来由的高傲感突然冒头时，我就会操起典雅得离谱的语言。

"哟呵，瞧那妞儿！"

"诚然，这位窈窕淑女颇有一番姿色。"

"别傻愣着了，餐厅里有烤鱼！"

"不，谢谢。艺术家的肠胃与海鲜盛宴水火不容。"

这还不算完，我总是随身带着一本书作为辟邪符，即使书撑得我西服走形也在所不惜。书是我对抗周围智力低下者的坚实盾牌，每当他们谈论艺术或者放出恶臭响屁，令我作呕的时候，我就会掏出一本书大幅度地挥舞，务必让每个人都看到它。

每逢这种时刻，我的同事们会看着我，就像看到裁判掏出一张红牌似的，而我则会不好意思地笑一笑，解释说我就是手不释卷，想戒都戒不掉啊。他们耸耸肩，把我看作一个有学问的文化人，然后目送我离开人群渐行渐远，就像目送着一个珍稀物种慢慢灭绝。我高昂着头颅，步伐坚毅，恍如一位院士正在赶赴一场关于重音符号的辩论会。然而我难免会一再碰到同一个问题：我能够站着睡觉，却没法站着读书。我只得一次又一次地以躲进厕所告终。对厕所我可是熟门熟路，哪个单间最舒服我门儿清，所以我就那么舒舒服服地坐着阅读经典作品，以此来提高自我修养并修复在展厅里损耗的神经元。

我的耳朵承受着肠胃胀气和尿声汩汩的伴奏，精神却沉迷在菲茨杰拉德、莫迪亚诺和麦克伦尼的世界中。在如此场合阅读如此经典的作品，可以说是犯了大不敬之罪，但我安慰自己动机是好的，慢慢地也心安理得了。我别无选择，不读书就毁灭。我如饕餮般享受书中的故事，又在现实中自己的生活里拼命挣扎，二者的天差地别使我头晕目眩。虚构与现实之间出现了一个旋涡,当我因为被旋涡吞噬而愤怒时,就会问自己,假如了不起的盖茨比处在我的位置上,他会怎么做?我试图使自己相信盖茨比会微笑着面对这一切,利用这次车展,无论是在厕所里还是在别的什么地方,临时编排出一场只有他才明白底细的盛会。但好好想一想就知道,盖茨比是绝不会屈尊来工作的。工作有悖于他的理想,况且他活在书里,他的生命以章节为单位,不会因为物质条件而受窘。他不知工作日程表为何物。我嫉妒他,比以往任何时候都更渴望自己是一部小说的主人公,什么小说都好,只要能跳过这几页纯属多余的情节。

24

我绕着一辆辆汽车走,在心里数着步数,并在假想中用这种方法把追赶我的时间和顾客都甩在身后。大概在我走完了从地球到月球那么长的路程后,我认识了乔安娜。

她是个农村来的女孩,直言不讳的说话方式令人怀疑虚伪并非完全是个缺点。她喜欢问些令人难堪的问题。

"你多大了?"她总是问我这个问题。

我总是忸忸怩怩地说这是隐私。我心里清楚自己比其他人岁数都大,没兴趣听别人亲口把这件事说出来。但有一天,我终于向她坦白了。

"我二十六岁。"

她大笑着说:

"哦,真是的,你也太老了吧!"

我想转移话题,耸了一下肩,刚要开口,她却抢在了前头:

"那你来这里干啥呢?我还以为人到你这个年纪都已经有工作、有车、有家庭、有孩子了呢!"

我想不出什么机智的答复,只好低头承认我就是个穷鬼,但即便如此乔安娜还是不依不饶:

"说真的,你来这里干啥呀?"

"我来这里干啥……"我回答,"我也不知道。"

当然,有金钱的因素,但我知道钱不是理由。钱是一种缺失、一种需要、一个借口,但不是理由。如果有人问我"你现在是什么身份"或"你是做什么的",他们一句话就能把我推进尴尬的境地里。他们总是一副期待我宣布惊人消息的神情,但我没什么好说的,这使我打心眼里觉得厌烦。

"我来这里是因为……呃,人总得做点什么吧,不是吗?"

乔安娜看我的眼神让我恍惚间以为自己是一头笨拙

的、靠后腿站立的大象。她不相信我。她皱紧眉头,让我接着说下去。

"另外就是我不知道还有什么可做的。这也是一个原因吧。"

她抬眼望天,发出一声叹息,似乎被我的回答震惊了。我想再辩解一下,说总比什么都不干好,但乔安娜打断了我的话:

"那以后呢,你想干什么?"

"我也想知道……"

"你一直都这么迷糊吗?"

我犹豫了一秒钟,终于还是疲惫地答道:

"恐怕是的。"

25

休息室起错名字了,应该叫叹息室才对。捕食性动物小组和其他想要维持好心情的人都视此处如监狱,避之唯恐不及。这里活脱脱就是一间被遗忘在二十世纪八十年代的老旧停车场活动板房,从装饰到氛围,无不透露着失败的气息。忽明忽暗的霓虹灯照着被蛀虫咬过的桌椅,电影原声音乐渲染着悲伤的情绪,那群女孩如同一个合唱团,一有机会就争先恐后地说些令人丧气的话："他们都是禽兽。""我们撑不住的。""我们都会死在这里。""我今晚就提出辞职。"

在这种环境下吃饭，无异于冒着让肠胃陷入抑郁的风险，所以我选择出去，一个人穿行在汹涌的人潮之中，所到之处，迎宾小姐们都在扮演车身上的装饰物。我看到有些男人咔嚓咔嚓地拍模特，还要求她们躺在引擎盖上，摆出撩人的姿势。人类就是为此才创造了轮子吧？汽车也是为此发明的吧？这些同类仿佛不是猿猴的后代，而是猪的进化物，不禁让我悲从中来。

被这种景象触动的我，在一条条通道之间徘徊，试图理出一个头绪。是什么鼓动着这些人？他们所为何物？何乐之有？看着他们在眼前熙熙攘攘，我突然悟到了，答案很简单，就是没有。他们看起来确实行色匆匆，但他们也和我一样，看起来并非乐在其中。我由此得出推论，即他们来这里是因为他们没有别的事情可做，和我一样。这时，我发现一个男子在一辆雷诺新款Twingo轿车前面幸福地啜泣。

"她太美了。"他抽抽搭搭地说。真猥琐。

我久久地、着迷地观察他，再回去工作时脑子里又多了一个疑问：为什么我面对汽车无动于衷？难道其中有某种境界是我所不能领会的吗？尽管我竭力尝试对其产生兴趣，但这么多汽车匍匐在那里用车前灯默默地逼视着我，我只感到毛骨悚然。

26

溜号是我到目前为止最喜欢的消遣方式，但如果招待主任用猜忌的目光盯着这边，使我走不开，我也会想尽办法使自己有事可做。我分析人，数他们的笑容，评估他们的头发，打量他们的体型，并从中得出独家的结论。如果把展厅里的这些人作为全人类的代表性样本，我认为我的结局大概率是发胖、秃顶、郁郁寡欢。

当人流量不足以为我提供分析样本时，我就给自己来段艺术时光。我在汽车的挡风玻璃上哈气，然后用指尖在水汽上绘画。我并非唯一这么做的人，因为有时候在冷凝的神奇作用下，玻璃上会浮现出前辈们留下的作品。有的人在上面镌刻祈使句，还有人满足于留下一朵小花或爱心图案。我视心情而定，要么画骷髅头，要么画嘴巴被缝起来的吃豆人。

有一天，我正在构思一个绞刑架，以拓展我图文创作的边界，一位同事跑来问我在画什么。

"一根绳子。"

"为什么要画一根绳子?"

我以最低沉的音色、最庄严的音调说:

"因为我想上吊。"

她立刻做出一个后退的动作,仿佛我刚刚告诉她我患了麻风病。她把一只手按在我的肩上,说:

"但你不能这么做呀。凡事总有解决办法的。"

"并非总有……"

"肯定有!"

"我不知道。"我叹息道,同时咬住嘴唇以免笑出来,"有时候,坚持是没用的,不得不向现实低头。"

她用惶恐的眼神看着我,仿佛怕我的自杀冲动会传染给她。她让我待在原地不要动,然后倒退几步,在此期间她的目光一直没有从我脸上挪开。她在车的另一面站定,不时从眼角监视我的状态,如此一直撑到休息时间。下一个女孩来跟她交接时,我注意到她用手往我这边指了指。我依稀听到她把我称作"恶魔崇拜者",于是趁此良机向她投去一个令人担忧的微笑。

27

在车展上,喇叭为王,而沉默从来都是人尽可欺的受气包。偶尔有那么几个瞬间,来访者难得能让我们清闲一下,我的同事乔安娜会立即挺身而出,把安静扼杀在摇篮里。她总是急吼吼地想与人聊天,对我尤其纠缠不休。她的好奇心简直升华到了概念艺术的级别,什么都问:我的头发、平时的娱乐、内裤的颜色……她最热衷打听的要数每个人节假日做了什么。

"你周末过得好吗?"她问我时的语调异常高亢。

"我不知道。"

"什么叫'不知道'?你已经忘记自己周末做什么了吗?"

"嗯,忘了。"

"怎么可能?!"

我解释说我只有短期记忆,而我的周末活动也不是能让我铭刻于心的那种,但健忘这么好的理由还是不能让她满意。

"不行,说真的,你都干什么了?你看电视了吗?睡觉了吗?去饭店吃饭了吗?去见朋友了吗?做运动了吗?出门了吗?是的,你保准出门了!你做什么了?嗯?来啊,跟我说说！"

面对一连串存在主义式的质问，我只能做有罪辩护，回答说我什么都没做，而且我特意强调了一下：

"我什么都没做，就像一只蜥蜴。"

"什么意思？"

"意思就是完完全全什么都没做。"我说着说着有点急了，走到窗户前，凝视着空中的某个地方，期待着太阳赶紧消失，就像一只蜥蜴。

乔安娜是在一个尊奉约翰尼·阿利代[1]为神的家庭里长大的，《迷失的一代》的歌声伴随了她的一生，她从这首倒霉的歌中接受了"周六夜，必须出去玩"的教义。她无法理解我何以如此离群索居，放弃了生而为人的基本条件，以至于面对我的日程安排不知道该笑还是该哭，只好同情地看着我，大声喝问：

"那你就没做别的任何事吗？"

"没有。"

我真想补充一句，这已经很不错了，但没想出合适的用词，于是作罢。

---

1 约翰尼·阿利代：法国著名歌手，摇滚巨星，被称为"法国猫王"。

28

汽车搁浅在地毯上,为了驱散充斥其间的无聊,展厅准备了一些节目。多个大屏幕循环播放广告,全方位地向公众解释雪铁龙可以提供的服务,同时吸走了我的思考能力。我知道广告时长,知道他们将说出什么台词,知道哪个地方会出现重音,有时候我甚至吃惊地发现自己正在大声地跟着广告背诵台词。

但整个展会最精彩的节目并不在屏幕上。为了招徕顾客,主办方想出一个点子,定做了一个汽车形状的机器人,它靠后轮站立,会活动,仿佛变形金刚。这个把戏对我来说也就那么回事,但似乎颇能吸引路人。每隔半个小时,这家伙就重新启动一次,霎时间引起人群骚动,令人恍如置身于迪士尼乐园。

我从远处看着那机器人被激活,不知疲倦地重复同样的动作,直至收到指令重新休眠。我真想走过去把手放在它的肩膀上,对它说:"挺住,我精神上与你同在。"我更希望它会突然发疯,挣脱锁链,踩扁那些看客,但它始终保持着既乖巧又可笑的样子。

和我一样。

29

厕所已然成了我的私人别墅,而且我逐渐把这间阅读室改造成了具有基本功能的空间,一有机会就躲在那里吃饭或者只是喘口气。我真的是得其所哉,这里的灯管低声轰鸣,墙壁雪白,马桶纯洁无瑕,沉默沁人心脾。在此短暂小憩对我来说如同度假。这不是什么奢侈的享受,但在这里的时光才是真正的好时光——无限长的一天中仅有的不那么漫长的时光。只不过,我悲哀地发现,人永远不可能享有彻底的清净,哪怕在自己的王国里也不能。有一天,我正坐在御座上,沉浸在《没有个性的人》之中,两个家伙闯进来打扰了我的清寂。他们丝毫不顾应该离正在排便的人至少五米远这一基本社会礼节,驻足在我的单间前。

"好家伙!"其中一个说,"瞧,有个人在拉屎!"

我的心脏停止了跳动。现在把脚抬起来已经太晚了,我干脆屏住呼吸一动不动。另一个人也走到门前,拳头攥得咯咯作响,然后狠狠地敲了三下门,痞里痞气地说:

"喂,老爷子!我们没打扰您办正事吧?"

两人笑出声来,乐得就像两个小孩在扯苍蝇的腿。我想起了画在车玻璃上的那条绳子。这一次,我真的产生了想死的念头。是的,真想一死了之,消失在马桶的尽头。门又在拳头的敲打下颤抖起来。

"嘿!您需要人作陪吗?"

我想回答他们不用了,谢谢,我一个人就行,但恐惧使我说不出话来。我怎么才能从这种处境中脱身?怎么才能逃过这一摊子破事?冲马桶?开门?直面他们?任由他们胡闹?呼救?我迟疑不决,继续一动不动。

万幸,厕所的设计师考虑周全,把单间的顶部封住了,以保障使用者最起码的隐私,所以外面的两位勇士没法踮起脚从上面看到我的脸。他们要想知道我是谁,唯一能做的就是把脸贴在地上从下面往里看,而上帝保佑,地板湿乎乎的,他们做不出那样的事。几分钟过去了,他们的笑声越来越勉强,我听出来他们开始不耐烦了。

"我们怎么办?"其中一个问。

"等!"另一个回答。

"可他好像打定主意不出来了……"

他们难道没意识到我能听见吗?我不懂。

"必须用烟熏,就像对付洞里的狐狸那样,让他不出来都不行。"

"你随身带着烟幕弹吗?"

"没有哇。"

"那你说这些蠢话干吗?"

"我不知道哇,我就是这么一说。"

"不能放烟,那样咱们会被赶出去的。"

"是,但那也太逗了,你想想吧,一个家伙从茅房里跑出来,裤子耷拉在脚背上,眼里都是泪水,屁股上还挂着屎……"

两位仁兄在疯狂的笑声中走了,门后面的我已经近乎窒息。我看到他们的鞋从门底消失,听到水龙头传出放水的声音,赶紧大口呼吸而不至于被他们听到。当我以为他们已经把我抛到脑后时,突然听到其中一位冲我喊:

"行,拜拜喽,鼹鼠!"

30

我永远也不会知道在厕所里差点用烟熏我的人是谁,但我从这件事中汲取了教训。既然厕所也不能真正为我所盘踞,我便回去坚守岗位。这件事远没有我所惧怕的那样难受,我反倒发现赖在岗位上才是融入集体的关键。同事们不再叫我"幽灵"或"文化人",而是直呼我的本名,这使我感觉与别人之间的隔膜变薄了。我还没有彻底地成为他们中的一员,但至少已经不再使人畏惧了。别人看我的时候我就笑，别人跟我说话时我就应答，该笑的时候我就笑，总之，我看起来是个正常人了。

只有从观众的角色中抽离出来，才能停止像看闹剧演员表演似的审视其他人。我成了剧中人。我甘心被关在那个小盒子里，对顾客摆臭脸，为"美洲豹"指出值得扑上去的猎物，听乔安娜引述约翰尼·阿利代的名言。我融入游戏，装模作样，然后发现一天就这么结束了。我们在一连串的欢笑和欢呼声中离开车展这个四维空间，回到现实，回到衣物间。

衣物间是休息室，是减压舱，是在换衣服的同时为过去的这一天竖起墓碑的特殊场所。在这里，捕食性动物们比较谁收获的电话号码最多，推销员们借助手势和夸张的用语炫耀他们的销售业绩。他们的狩猎场不在一处，但所图的猎物却出奇的一致：都是数字。在他们旁边另有一些人低垂着脑袋，在储衣柜里寻找力量和斗志，但这样的人只是少数。衣物间里的味道令人不敢恭维，但气氛相当令人振奋。另有一些人，借着大家都脱衣服的机会，在门框处就迫不及待地展示自己赤裸的上身；女孩们交换心照不宣的眼神，有赞许的，也有喝倒彩的。此外，还是在衣物间里，总有一个声音从某个角落响起：

"有人想看看我的'尾巴'吗？"

就是这一句话,每天傍晚都会听见,从无例外。有人会回答"也许明天吧",另有人喊"我宁可死",所有人都会大笑。这是一个信号,表明一天结束了,大家各走各的路,互相道别,临行前喊一声旁人不明所以的外号——"柴油""牝鹿蹄子""风向袋"……

我很长时间以来都躲避这种聚会,因为我在这种场合里会感觉不自在,现在却在这种每日一遍的流程和特有的气氛中感到温馨。出于一种我不能完全解释清楚的原因,我喜欢上了这种感觉:归属于一个男性秘密协会及其规矩、内部荣誉标准和幽默。我现在几乎没有时间读书或者思考了,但我并不为此而抱怨,因为这使我得到放松。我感觉被人包围,却没有压迫感。晚上回到家时,我吃惊地发现自己竟然有点等不及明天的到来。"我开始享受工作的滋味了",这一念头穿透了我的脑海,但我摇了摇脑袋,把它甩到脑后。我还是不敢相信。

31

一天晚上,布鲁诺打电话来跟我聊时间,聊他的钱,聊足球,聊汽车,聊来聊去,他终于清了清嗓子,说:

"好,咱们说正题。女人的事,进展如何?"

我呛了一口，有点难为情，说没什么进展。当然，乔安娜似乎对我的个性有点感觉，但她对约翰尼的热情和反对女性脱毛的激烈态度使她彻底失去了吸引我的魅力。布鲁诺似乎恼火了，问我是不是故意的：

"不是，我说，你心里没点数吗？那么多迎宾小姐触手可及，这可是你一生中的高光时刻。你要想明白，平均每平方米都有好几个女人，这种好事在你进养老院之前可能再也不会有了。你给我想清楚。"

"听着，很抱歉让你失望了，但我不认为国际车展是寻找爱情的最佳场所。"

"它就是！你想错了！昨晚的《20点新闻》里说了，百分之七十五的男人都是在工作场所遇到未来妻子的。这个你知道吗？"

我盯着电视上重播的一档真人秀节目，一群大人正在那里跳山羊。我说，我以前不知道这一点。

"你知道这是什么意思吗？就是说，你在那里引诱一个女孩的概率比在真实生活中高十倍。这可是数学！"

我琢磨了一下布鲁诺如老练统计师般言之凿凿的话，然后叹了一口气，向他指出一个问题：

"先不说能否引诱到女孩，我首先得有那个欲望啊。"

我听到布鲁诺在听筒里咒骂了一千遍"该死"，然后跟我急眼了：

"你总不会跟我说一千多个穿裙子的女人里没有一个你看顺眼的吧？简直难以置信！一场国际车展下来，你连一个电话号码都没要到，谁听过这等稀奇事！你有没有想过多少人抢破头都想跟你交换位置？你心里有没有点数了？"

我忍住没问他是否也想跟我交换位置，只是悲伤地说我太挑剔了，如此而已。

我最终对自己说，这是基因决定的，我无能为力。有些人缺钙，有些人缺糖，而我缺感情。我很乐意看到女孩，但别人看到女孩时总是伴随着彩蝶飞舞，而我无论怎么看都只能看见她们的本来面目。

32

我实在不懂得如何跟女孩打交道。我的表现令布鲁诺着急上火，偏偏不知怎么使乔安娜着迷，仿佛我的头发（杂乱如蓬草）或者我的性格（如同爬行动物）中蕴含着什么科学奇迹，值得用一系列精妙的问题深入探索似的。乔安娜孜孜不倦地询问我的生活，有时甚至为此记笔记。有一天，她又提起了未来，这个话题每次都会令我脊背发凉。

"你看到的十年后的自己是什么样子的?"

"不知道。我连看镜子里的自己都不得劲,何谈十年后……"

"不,我是说正经的。你希望未来成为什么样的人?"

我盯着面前的一辆汽车,它用前灯报我以谴责的目光,仿佛我的未来正在凝视着我。

"回答前好好想一想……"

我没有看她,仍然目视着前方,向她透露了我关于存在的疑虑:

"你有没有过什么人都成为不了的感觉?"

乔安娜瞪着我,仿佛我刚刚坦白自己杀了人。

"你怎么能说出这样的话来?你肯定会成为一个人物的。"

"我怕的是会成为一个自己讨厌的人物。"

33

带薪劳动可以让时间产生哈哈镜的效果。我还以为已经工作了几个世纪,但那天早晨,我得知奶奶去世的消息,才意识到车展才进行了一个星期。我挂掉电话,走到窗前,试图在天空中或其他任何地方找到一点奶奶去世的预兆。天气晴朗，此外再无任何发现。亲人下葬，绝对的不可抗力，这可是个比"我的闹钟没响"更像样的旷工理由。我通知招待主任，他关心了一下我的个人状态。

"还好，只是我的奶奶罢了，她很老了。"

听着自己的声音，我坚信自己是个怪胎。

葬礼在里昂附近举行，距巴黎有两个小时的车程。我穿着工作时的套装乘坐火车。车展和葬礼对我来说都是特殊场合，因此没必要换衣服。一路上，我被负罪感扼住了喉咙。我回来了，只是太晚了。

我在教堂前的小广场上看到了久未谋面的父母。我走近他们，一个明显的发现让我触目惊心：他们老了。他们并没有照例批评我走路的姿势和发型，而是一把抱住了我。这种情感的表露令我有些吃惊。一场死亡似乎抹消了我的一切罪孽。

奶奶的葬礼让我得以观察此前一直不甚了解的葬礼流程。这是我第一次参加葬礼，我一贯从电影或电视剧中学习合乎礼仪的行为举止，但这回行不通了；我没有任何一幕可以参考，于是打定主意模仿我的哥哥，毕竟他比我大几岁,且看过不止一遍《六尺之下》[1]。我狠咬嘴唇,然而终究也没能催出眼泪。我游目四顾,大厅里的景象令我心寒:一个假发歪斜的老太太,一个裤裆拉链敞开的老男人,此外剩下十来个人。奶奶的葬礼够萧条的。她孤独地死去了。

我的葬礼会比奶奶的更成功吗?我对此持怀疑态度。我死死盯住奶奶安息其中的漆木盒子,试图最后一次回想她的样子。想不起来。她身材高大吗?还是娇小?严厉吗?还是笑眯眯的?都记不起来了。我很想再看她最后一眼,以便想起她的模样,但棺材盖已经钉死了。我脑子里冒出的唯一能描述她的形容词是"老"。太遗憾了。我思考了半天,最后得出的结论是:人类还真是微不足道啊。在这种时刻,陈词滥调正好派上用场。

在教堂出口,几个人走上前来吊唁,其中有一位多年没见的叔叔显然对我有一些误解。

"你好啊,小姑娘。"他对我说。

为了不冒犯他,我尖着嗓子回应,让他更加坚定自己的想法。

---

[1] 《六尺之下》:美国电视剧,聚焦于一个经营殡葬业的家族。

一个老太太来与我握手，并问我是否就是那个令奶奶操碎了心的人。我说我也不知道。

"净做些奇奇怪怪的工作那位，就是你吧？"

我给奶奶写信时一向喜欢编造一些有异国情调的工作，说我为了这些工作满世界跑。为了不让她因为我无所事事而难过，我信口编造过许多职业，捕蛇人、跳伞员、造大炮的、卖三明治的、考古学家、潜水艇驾驶员、摔跤冠军、驯蚂蚁师……我还虚构了许多参加战争后得到的伤口，以使我的故事更加真实可信，因此我依次失去了一根手指、一个手肘、喉结、眉毛、一颗牙，甚至一边的臀尖。现在我意识到我编得过火了。这些原本旨在为她解闷的故事到头来却吓着她了。

"现在你做什么？"小个子老太太问我。

"卖汽车。"

"哦！好，这个好！这是个好职业。要是她还在该多好，她听了该有多自豪啊！"

34

葬礼结束后的那一夜，我是在极度的紊乱中度过的。我怎么也睡不着，便开始思考这场葬礼可能给我的人生带来什么影响，最后我不得不承认：我害怕了。死亡从没有如此迫近我，除了在梦中。我想象中的死亡像地震一样，是来自异域的威胁，只会在地球的另一端张狂。我见识过死亡，在电影里、电视中、杂志上，但此时我眼里的死亡比自然之物还要真实。我有生以来第一次察觉它离我并没有那么遥远。更糟糕的是，我突然感觉到它在我身上生长壮大。有一件事，承认它使我心如刀绞，但又不得不承认：我也正在变老。

我原以为自己刚刚走出童年，现在懂得了人生终点并非那么遥远。我的奶奶已经入土，我的父母也正走在那条路上。我是他们的后继者。我对他们负有责任。我有权利胸无大志，但有义务假装怀有抱负。父母看到我有工作后喜不自胜，奶奶如果还在的话一定也会非常高兴。时候到了，我该把欢笑和歌声收进橱柜，正式变为成年人了。也许我应该下定决心做别人期待我做的事情，而不是徒劳地寻找我想做的事情。我那微弱且未付诸行动的艺术追求不会有任何结果。我写书的计划只是个空想，至今连内容梗概都没有完成，而且我不停地改变主意。我上一次心血来潮是想写一部菲利普·K.迪克式的科幻小说，讲的是汽车会说话了，靠后轮直立起来，把人掀翻在地。然而，即使在没有工作的闲暇时间里，也总是有一股重力把我牢牢摁在床上起不来。

我孑然一身，不再年轻，差不多算老了，却生活在社会的边缘。我的窗外唯有垃圾投放点一处景致，站在高高的窗前，我感觉自己很没用。

我不能再这样下去了，不能再躲在厕所里等待时间流逝了。我不能再咒骂着整个地球过生日了。我必须长大。躲起来生活并没有给我带来快乐，恰恰相反，我一点也不快乐。我只是赖活着，脚不沾地。我本性忧郁，又下意识地破罐子破摔，只搞得自己更加忧郁。是时候来个紧急掉头了。既然沿着此方向抵达不了任何地方，我就要走彼方向，从此完全逆着本能而行。我要停止与无聊、贪睡和懒惰为伍，我要改变自己。既然所有人都期待我干同样的事情，那我就撸起袖子好好干。我要尽己所能地劳心劳力，直到人家给我颁发奖章。去他的新闻业，去他的文学！车展还剩下一个星期，既然眼前没有别的事，那我就好好卖汽车。

35

刚起床，太阳就率先献上了祝福。也不知道它是否真的知道我即将逆转人生，反正我就当它是在热情鼓励我。

我的黑眼圈上印刻着疲惫,但我还是燃烧着坚定的意志去上班了。几个人走上前来致哀,我叫他们少烦我。我可没心情为自己的命运自怨自艾,一心只想工作,一刻都不愿等。我只用了几十分钟的时间就完成了第一单销售,几个小时过后,订单凑满了一打。在观察别人的时候,我早已在不知不觉中吸收了谈判所需的技巧。同事们都被我震惊得一塌糊涂,问我有什么秘诀,我化用了让·穆兰[1]的名言作答:

"履行自己的职责没那么难。"

"让·穆兰是谁?F1赛车手?"

新生的第二天傍晚,我名列每日最佳销售员榜首。招待主任讽刺地问我是不是作弊了。我冷冷地答道我只是变了一个人。他不信。

"人不会一夜之间改变的。"

"意志决定一切。"

"别耍小聪明。"

人什么都能习惯。汽车销售员并非我职业规划中的一部分,但我开始喜欢上这个职业了。我惊讶地发现自己起

---

[1] 让·穆兰:"二战"时期法国抵抗运动的领袖之一,曾在致母亲和姐姐的信中说:"我没想到人在危险中履行自己的职责如此简单。"

床时居然面带微笑。我从镜子里观察自己,发现我的面部轮廓更加刚毅了。我第一次褪去了受惊的小孩那种凄惶神态,掀开了我躲在其后那么长时间的面皮。我对自己充满信心。我来到自己的展位,就像别人回到自己的家。汽车销量的累积使我开心,我以此为乐,甚至把完成销售目标当玩游戏。

我用花言巧语哄骗顾客,向他们做出不切实际的空头许诺,折扣啦,保障啦,还说什么"以信任为合约"。我毫无羞耻地撒谎,我已经成了心里只想着业绩的老油条。几天的时间已足够我完成变形。我成了人渣,但很快乐。

周围的风向变了,标志之一是我被他们拉出来做榜样了。以往视我为眼中钉的几位招待主任现在也盯着我不放,但有种他们自己都未必留意到的细微差别产生了:他们钦佩我。我的同事们都成了我的朋友。我模仿周围的同类,向女孩们吹口哨,给她们打分。捕食性动物小组立马将我纳入小团体,还给我起了一个善意的绰号——"鳄鱼邓迪"[1]。我把这个新的受洗名当作一种恭维,但心里从来不曾忘记,自己需要努力才能维持住这种虚名。我看起来像一只捕食性动物,但实际上不是。我跟随其他人行动,就像一只

---

1 鳄鱼邓迪:同名澳大利亚电影男主角,一次狩猎途中被鳄鱼攻击后受伤,后来成功制服了那条鳄鱼,因此获得了"鳄鱼邓迪"的绰号。

绵羊。我营造出的假象在所有人那里都很好使,除了乔安娜。她没有上当,而且不满于我这彻底改头换面般的变化,直接告诉我,我的转变不合她的口味:

"我知道你爸爸为什么认为你是蛇了。"

"为什么?"

"因为你像换衬衣一样轻易地换皮。昨天,你是懒鬼大王,今天你就成了销售王子。太吓人了。我原以为你很有个性,现在我的看法完全相反。你没有任何个性,你的内在是空的。我原以为你与众不同,但到头来,你和其他人一样。"

她说的不错,而对此我比任何人都感到痛心。

36

我不停地工作,轻松地贯彻了自己所做的决定,令我自己都感到震惊。改变人生是这么容易的吗?看来应该是的。我开始怀疑我迄今为止对自己天性的认识有误。我一直以为自己是个懒汉,原来却是个不自知的勤快人?也许我只是把自己当成别的什么人了,这并非不可能。我对任何事都不敢百分百确信了。我开始以新的眼光看待一切事物,不再确信自己的性格特质。连时间的重要程度对我来说都不同以往了。曾经，我觉得"过去"是一个迷宫，我享受迷失其中，品尝遗憾的滋味，因此过去的一切对我来说比正在发生的事情更为重要，但从现在开始，一切要翻转过来了。既然我已经投身于劳动，"当下"就会占据我的全部时间，而我并不认为这有什么不妥。

然而，独独"过去"并不这么认为。它看到我掉转方向且大有一去不回头的架势后怀恨在心，于是便在一个阴郁的早晨召唤出了"美好的回忆"：当时我正在上班的路上，西装革履，突然鬼使神差地迎面碰上了从派对归来的斯特凡妮和她的男友，她的头发上沾满亮晶晶的小碎片。这一幕像一记鞭子抽在我的脸上。我的一天开始于他们的夜晚结束时。我的人生转变一至于斯？

我脑袋里腾起了换条路的想法，但突然又想起了我与自己达成的契约——我得完全逆着本能行事。我不能逃避，只好把怨气抛在一边，迎着他们走了过去，步伐坚毅。夏兹做出一个后退的动作，斯特凡妮眉头紧锁：

"那谁，是你？你化装成这样干什么呢？"

我告诉她这不是乔装打扮，这是我的工作服。斯特凡妮差点被这句回答噎死：

"你？工作？！"

"一切皆有可能……"

我转头看夏兹，转换了话题：

"你的音乐事业呢，怎么样了？"

夏兹终于意识到我不是警察，立刻重拾惊人的自信，说他的唱片将引发比宇宙大爆炸还要大的反响。

"我们将成为第一支在月球上开演唱会的乐队。了不得啦，哥们儿！我们是神曲之王，英国已经被我们踩在脚下了。"

"真酷啊。"

"太酷了！乐队的粉丝跟疯子一样，你不知道我睡了多少妞！"

斯特凡妮用眼神处决了他，抬手拍他的脑袋。夏兹嘟嘟囔囔地说，当然了，他是在开玩笑，然后又不解地问我是从哪儿搞来的这身戏服。

"我在 H&M 买的。"

夏兹耸了耸肩，语调郑重地说：

"好吧……不过，罗西音乐[1]那种穿正装的摇滚范儿早就过时了。"

我再次告诉他我穿的不是舞台上的戏服，夏兹拖长了声音表示让步：

---

1 罗西音乐：英国摇滚乐队。

"这就是我要说的啊,哥们儿,实在太土了!"

夏兹还是那个自诩为科特·柯本的小混混,但他俩的唯一相似之处只是牛仔裤上都有破洞。斯特凡妮眼神茫然,神态忧伤,缓缓摇着头。

"你呢?"我问她,"你在忙什么呢?"

"哦,我搞电影呢。"

"不错嘛,怎么个搞法?"

"我在一家制片公司工作。"

"这也太棒了吧!你具体做什么工作?"

"哦,什么都做点吧。我是一位制片人的助理的助理……我负责采买物资、准备咖啡,有时候也帮忙化妆,分时候。"

斯特凡妮显得有点难为情,又补充说这只是临时的,不过是先混进这个圈子,等待别人的挖掘。

"就在上个星期,我给埃德瓦·贝耶递了一罐可乐。"

"啊,是吗?难以置信。"

斯特凡妮见老了。一个个不眠之夜和各种形式的糟蹋身体留下了恶果,在她的眼圈上印下一层灰,化妆也遮不住。对生活的失望开始在她的瞳孔深处标记地盘。她就像那些当服务员的女演员,一边做着无聊的工作一边期望着得到好莱坞的重要角色及其附带的名利。一个爱做梦的巴黎女孩。是的,在电影行业工作可能比卖汽车更有魅力,但至少我是能挣钱的。我或许有点窝囊,但没有她可悲。

我对她说很高兴看到她在我失败的领域获得成功,并给了她一个天真无邪的笑脸。她挪开了视线。夏兹搂住她的腰,手自然地抚上她的屁股,对此旁人也无可指摘。他朝我眨了一下眼,说:

"再会,VIP。"

他们走了,脚步蹒跚而傲慢,仿佛走在一部迷人却言之无物的电影片头中。我怎么也无法挪开视线。目送他们消失在视野里,如同目睹不会发生的未来在耀武扬威。我没什么好遗憾的,但心里还是有点……

37

偶遇斯特凡妮使我想起了我过去的样子,地铁之旅顿时变得比以往任何时候都要凄凉。我试图展望正在等待我的新的一天,却什么也想不起来。我就像一位建筑师,被人宣布新建筑的地基不符合土地标准。过去几天里,我成功地沉湎于销售业绩带来的喜悦,把过去抛在脑后,但过去兜了一圈又走回来,拍了拍我的肩膀。现在,我记忆的橱门已经打开，像黑洞一样把我往里吸。我失去了对自己的掌控。这是病态的。我一直在心里为惋惜之情保留了几块地方。我活在过去，以至于不惜为此忽略了当下。

也就是因为这个，我才能那么长时间地把自己锁在屋里。我的脑袋是一座坟墓，里面埋着一张张面孔、一个个瞬间，我却无法为它们送终。我每走出一步，都无法不追悔上一步。用多余的回忆充塞自己，本来就要冒着溺死于其中的风险。我是那种轻易不肯翻页的人，宁可把同一本书读上十遍，也不愿意换一本新书。我羡慕那些能够享受当下而不被过往纠缠的人，因为那是快乐的唯一法门。斯特凡妮就是这样的人。

我从她的眼神中看得出，我已经彻底走出了她的人生，没留下一丝痕迹。我试图在她的眼中寻找柔情和爱意的痕迹，却一无所获。甚至没有一点留白、一丝朦胧，什么都没有。而我不敢说自己心里什么都不曾留下。

单论怀旧的功夫，我堪称超级英雄，能英勇地将鸡零狗碎的破事从遗忘中拯救出来。我一再回想儿时的朋友、青春期的爱情、最初的几次疯狂大笑，却不愿意去追求新的生活。我悼念逝去的时光，诅咒未来的日子。我仿佛在感伤中落枕了，无法正视前方。必须做出改变了。永别了，未完成过去时、先将来时、复合过去时，从今往后我要使用简单过去时[1]，少想多做。跨出地铁站时，我确定自己已经找到了问题的症结所在。少想就是了。我走进衣帽间，正好赶上捕食性动物小组的一场讨论，这使我更加坚信自己的结论：他们中的一个正为不能引诱足够多的女孩而失望伤心，他的同志们为他解惑。

"你的问题啊，就是你总用脑袋思考！可是这样啊，老伙计，屁用都没有！要想在人生中获得成功，就必须用下半身思考。就是这么回事。"

看到我出现在门框处，他们用手指着我说：

"正好，不信你问问鳄鱼。就说他吧，他什么都明白！他让所有人以为他啥都不是，到头来把我们全吃了……"

我躲到储衣柜的门后面，绷紧脸颊以免笑出来。如今，工作比以往任何时候都更像一根救命稻草。

38

车展的最后一天以一个灰暗、阴沉的早晨开启。这看上去似乎是一个恶兆，我却张开双臂迎接这一天的到来。雪铁龙的负责人对我的销售数据惊叹不已，邀请我加入他

---

[1] 以上为法语中的几种时态。简单过去时用于在叙述中客观描述过去的动作。

们的市场部，我想都没想就答应了。双手插兜、头发蓬乱地参加培训已经是一个月前的事了。我对镜自照，感觉自己就像一名电视真人秀选手，准备参加"变形计"的游戏。假如把我之前和之后的照片放在一起，那对比之强烈绝对是令人心惊的。这场奇遇把我变成了一个男人，一个不像我自己的男人。我早起，守时，严肃。我把公司和自己的名字捆绑在了一起。我不再说"我"如何如何，而是说"我们"如何如何。我成了体制的一部分。我融入集体了。钱不是问题，未来不是问题，我知道要往哪里去：卖车。就在所有人都不再抱有信心的时候，我终于到了屈从（人们称之为"成熟"）的年纪。我胜出了，长大成人了，父母都因为我而骄傲——这一天终于来了。我赢得了人生。最后这一条也许有点意义不明，不过我宽慰自己：人生本来就没有任何意义。

这一天，我正在忙着把一辆汽车卖给一个买不起它的顾客，流利地吹牛扯谎，干巴巴地向他复述梦想不能用价格衡量这个道理，这时候，一个女孩出现在我的视线中，金发，轻灵，目光看穿了一切。一开始我以为她又是一个将加入我秘密幻想名单的佳人，但当我看到对面那个人嘴唇翕张却没听到他发出声音时，就知道有大事发生了。我心跳剧烈，耳朵听不见声音。她走近了，没有看我。她的脸上似乎有优美之风吹拂,她的体态令人眩晕。她仿佛人形化的莱昂纳德·科恩的歌曲,眼睑的开合都能谱成一段我爱在淋浴时哼唱的旋律。她看了看我正在极力推销的那辆车,又瞥了我一眼,便继续寻找合心意的车去了,却不知道她已经把我的心攥在了手里。她的出现在我内心深处挖出一块空白,我忽然懂得了这么多年来的不适感源自何处——因为我之前一直没有遇见她。我想喊叫,出于欢喜还是痛苦,我已经分不清了。这个女孩对我做了一件事,一件我原以为不可能发生的事。她重启了我早已关机的心脏。

对面的人还在喋喋不休,说他对我提出的贷款计划心有顾虑,我却恍然大悟。这个突然冒出来的女孩,我是见过的。没错,和《迷失东京》里的斯嘉丽·约翰逊一模一样,宛如果肉和惫懒调成的鸡尾酒,从包围她的人群上空飞过。她在时间之外生长。她走起路来仿佛一门艺术,而非简单地从一个地点走到另一个地点。她的头发飘逸,她的目光使人激昂。自从我知道感觉为何物以来,我第一次从一个人的脸上读到了"我生命中的女人"这几个字。一阵战栗传遍全身。我震惊得无以复加。

我一动不能动,只能看着她在加长型汽车之间漫步,感觉正在醒着经历一场美梦，仿佛现实世界与虚构世界之间的大门突然敞开了。我一时间感觉自己进入了 A-Ha 乐队的一支 MV 里，像主唱一样变身为素描画。我的人生变成了一本涂色书，一股颜色的洪流淌遍我的每一根血管。我从身体中飞离，没来由地笑。我的顾客对我遭受的巨大震荡毫不知情，兀自在那里提出一个个关于后视镜之类的问题。我本可以把他晾在那里，他的问题还有他那鲨鱼一般的口臭，但销售对我来说太重要了。完成这一单可以巩固我最佳销售员的地位，而丢掉这一单代价不菲。我打断他的提问：

"所以，这辆车呢？您要还是不要？"

这个 T 恤衫上印着一只狼狗图案的男人低下了头，说是的，虽然这样很不理智，但他要了。他的声音绵软乏力。我听到脑海里响起一声胜利的呼喊，那声音仿佛发自一台虚拟的现金出纳机。我给了他一个露出满嘴獠牙的灿烂笑容，拉着他一路小跑到了销售办公室。回来时，"斯嘉丽"已经不见了。我害怕又一次看着机会从眼前溜走，泪水在眼眶里打转。我跑回最后一次看到她的地点，游目四顾，却没有看到她。我问乔安娜适才在她的那辆车前停了一下的那个女孩去哪儿了，她说她没见过这么一个人。一个如此超尘脱俗的女孩出现在这么一个俗气的地方，只可能是蜃景吧。就这样算了？不，我必须搞清楚。没等呼吸平稳，我就从展台上跳进人潮中。我一下向左，一下向右，四处乱窜，不知道该去哪里找。干草垛里的一根针也比她好找，至少干草不会一边乱动，一边乱喊："法拉利在哪儿？"

我对着人群，再也走不动了，因为我是逆着人流前行的。我深陷在散发着火腿奶酪三明治气味的人堆中，后悔自己没有丢下那一单生意，径自扑到那女孩的脚下。如果说爱情是一场电影，那么我已然错过了我的那个场次。我没有冲上前去，而是选择去搞定那个单子。太可耻了。她的消失就是对我的惩罚。她不在那里了，而我还在。我在那里看到命运向我招手了。也许，归根结底，我就不是恋爱的种子，而是卖货的料。二者都向我伸出了手，而我不论怎么狡辩，都已本能地做出了选择。

39

在那一天剩下的时间里，我常常以为自己越过减震器或后视镜看到了"斯嘉丽"。我甚至恍惚间在加了四片奶酪的帕尼尼中看到了她的脸，以至于不忍下口。太令人心酸了。我现在想起了这么长时间以来一直不信任感情的原因：感情是不可控的。我和那个女孩的眼神都没怎么交错过，心却已经碎成了渣。

我躲进了厕所，像秋天即将落下的枯叶一样瑟瑟发抖。几分钟后，我认定自己太脆弱了，玩不来这种游戏，必须集中精神做正事，不能仅仅因为人群中的一眼就糟蹋这许多天来苦心营造的一切。以我有限的认知可以预见，追寻爱情会使我承受我不允许自己承受的风险。这是一次不计后果的情感冲动。应该保持理智。想想工资吧。工作是最安全无虞的。努力不白费，奖赏有定数，工时合乎情理。一番激烈的内心交战之后，我成功地让自己从期望见到"斯嘉丽"变为期望领到几天后的支票。这么一想，我重新绽开了笑容。这一天行将结束，整个车展也迎来尾声，前路一片光明，容不下愁云惨雾。我高昂着头颅迈出厕所，垂头丧气的时刻已经过去。

展位上还剩下几个流连的顾客，得想办法把他们扫地出门。绰号"美洲豹"的家伙想出一个发炸弹警报的主意，他果真状如疯魔，对他们大喊不想死就赶紧走，但这出闹剧没有引发一点反响。那几个顾客面带微笑看着他，仿佛这是尾声的最后消遣。他们问他：

"Was? Wasistlos?"[1]

"美洲豹"转身问我们"炸弹"用德语怎么说。有个人告诉他是"Frühstück"[2],但他没时间继续出乖露丑了。晚上七点的钟声响起,展馆的各个大门陆续关闭。几位招待主任把最后几位顾客送至出口,突然后面的展馆里响起了多声部的欢呼声。所有人都跳跃着互相拥抱,恍如1945年5月8日[3]的情形重演。我们自由了!顾客们都缴械投降,战争结束了。有的人高举衬衫当成白旗挥舞,还有人欢呼着满地打滚。几只捕食性动物已经趁这欢庆的时刻把裤子都褪下来了,想为一场放荡狂欢起个头,但招待主任们适时返回来,请求他们少安毋躁,把计划推迟一会儿。

"冷静点!大家稍后再脱衣服也不迟,还得拍车展结束的合影呢。"

40

传说中的纪念照……作为最佳销售员,我将有幸位列第一排。人们将看到穿着西服的我,短发、无须,站在经

---

1 德语,意为"怎么了?发生什么事了?"。
2 德语,意为"早餐"。
3 1945年5月8日,德国投降,法国全境被"二战"盟军解放。

理们旁边。真是一桩好买卖。我怎么能放任我的梦中女孩溜走,换来这么一幅不堪的画面呢?我开始头晕了。

在展台上,朋友们作势要把小指头从裤裆口伸出来。在他们的簇拥下,我有一种走上了岔路的感觉。自己成为当月最佳销售员的照片将被挂在全法国所有销售点的墙上——难道我打一开始就有这样的愿望吗?我放弃了文学梦,改做老油条了吗?我喜欢汽车胜过女孩吗?我真的想要这样的人生吗?

恶心使我放缓了脚步。我双手捂住头,感觉它正在变成陀螺。我找到最近的门,走出去透口气。下雨了。雨滴如针,尖锐的针刺穿我的全身。疼痛以雷霆之势击中我,命令我快跑。我不想淋雨的想法浸了水,我的自信心也溺水了。我想扮演一个角色,装作和别人一样,变得正常,但终于还是露了馅。我能骗过别人,却骗不了自己。金钱、爱情和家庭,我打心底里不在乎。我只想要别的东西,但是什么呢?我不知道。

仿佛要甩脱痛苦的捆缚,我跑了起来。我尽全力狂奔,一次也没有回头。我从眼角瞥见近两年的时光从身旁掠过。我上学,与人合租,经历了一段半抑郁状态。我做过实习生,领取过最低生活保障金,后来领上了工资。我从这些经历中收获了什么?仔细想想,一无所获。一旦换下这身衣服，我还是一样找不着自己。我慢不下来，我跑、跑、跑，一直跑到呼吸跟不上，再也跑不动了。我停在两辆车之间，吐了。看着地上的一摊东西，我不得不承认摆在眼前的事实，那个从儿时起就一直在浪费我人生的事实：我的肚子里空无一物。

继续逃避不会把我带到任何地方，我很清楚这一点。我就像人行道乐队那首歌里的人物——《一切都在这里结束》。我穿着代表成功的制服，但成功从未真正到来。我为自己哀叹，但这都是我自己的错。我从未真正把想法付诸行动。所有人都说人一生中不能总是做想做的事。对此我心知肚明，我的父母也给我解释了好几年，但我充耳不闻。

必须恢复镇定，承担责任，做出决定。此时，此地。无法决断，那便付诸偶然。我的未来将由硬币的正反面决定。我从口袋里掏出一枚硬币，把它拍在手腕上。反面，我就回家睡觉，等着房东赶我出门；正面，我就回展厅，拥抱唾手可得的销售员生涯。我猛一抬手，硬币在空中一边攀升，一边做着高难度的杂技动作。我看到它重新落下。我屏住了呼吸，无言地承受着雨滴。命运似乎犹疑了一下，但终究做出了选择。

41

摄影师让我们笑笑。刹那间,我在他身后瞥见了自己的未来。那不是我中意的类型,但我拼尽最后的力气,挤出一个鬼脸似的笑容。在我身后,我的过去因为我的屈从而分崩离析。

致谢

Remerciements

感谢弗洛尔，感谢她的出现、她的耐心和通情达理。

感谢让 - 巴蒂斯特·让达尔姆，感谢他的珍贵建议和光剑剑术。

一并感谢我的家人、朋友，感谢夏尔、玛农和我的最低生活保障金咨询师。

高談文學館